APPEL
AUX SAVANTS

ET

AUX 35 MILLIONS DE CATHOLIQUES
DE FRANCE

OU

LE CLERGÉ CATHOLIQUE

N'EST PAS IGNORANT,

COMME L'A DIT M. VICTOR HUGO A LA SÉANCE DU 20 JANVIER 1850,

PAR

L'Abbé GREUET,

Ancien Vicaire de Nesle, Curé de Saint-Quentin.

PARIS.

IMPRIMERIE DE H. CARION, PÈRE, RUE RICHER, 20.

—

1851.

J. M. J.

DÉDICACE.

—

Je dédie cette Brochure à Dieu, père, fils et Saint-Esprit, à Jésus-Christ, l'homme-Dieu, le sauveur des nations au sû et au vû des honnêtes gens et des hommes vertueux et savants, à Marie, le modèle des vierges et des mères, à Saint Joseph, le patron et le modèle des travailleurs , à l'Église catholique, ma mère, à tous les Évêques et aux Prêtres français, à la France si tourmentée, à mes amis, à mon ange gardien, aux pauvres et aux malheureux; car souffrir longtemps seul sous l'œil de Dieu est une dure épreuve; et il n'y a que l'éternité qui puisse compenser ces sortes de souffrances.

PRÉFACE.

Je ne recherche ni la gloire ni l'approbation des hommes dans cette
lettre que j'ai l'honneur d'adresser à M. Victor Hugo. Et à quoi bon la
gloire humaine et le désir de satisfaire son amour-propre, lorsque le
bonheur d'avoir rempli son devoir et l'espoir de la récompense éternelle suffisent pour combler le vide d'un cœur d'homme ? Je n'ai que
la passion de faire une bonne action pour la gloire de Dieu et pour le
bien de mes semblables ; et cela me rend heureux.

Il n'y a que les sots et les coupables qui courent après une popularité d'un jour, qui tue et déshonore quelquefois ; car il ne faut pas
moins à un cœur droit et honnête qu'une popularité de braves gens,
quand bien même elle ne s'appuyerait que sur le témoignage de quelques hommes, qui ressemblassent à Saint-Vincent-de-Paule, prêtre
catholique, à l'abbé Sicart, prêtre catholique, et à Monthyon, bon
laïque catholique.

J'obéis encore une fois à l'impulsion d'une conscience droite et
honnête, en réfutant les injustes accusations que M. Victor Hugo a
lancées contre le clergé catholique, du haut de la tribune, dans la
séance du 16 janvier 1850.

Ces hommes là ont le courage de l'erreur et de l'ingratitude ! Pour
nous, ayons le courage de la vérité, du devoir et de la reconnaissance ;
cela plaît à un cœur de Français, de chrétien et de prêtre.

Si quelques lecteurs trouvaient que j'ai traité trop lestement M. Victor
Hugo, ainsi que M. Jules Favre, au moins, par la forme, je leur répon-
drais avec Platon-Polichinelle, le sublime restaurateur du sens commun
en Europe : « C'est possible que vous ayez raison. Respect à la bêtise
depuis qu'elle est devenue une puissance ! ou, plutôt, respect à la
calomnie ! Oui, mais observez que c'est ici une puissance récente, une
puissance révolutionnaire, et non une puissance de droit divin. Ce qui
ôte à l'irrévérence, si irrévérence il y a, le caractère d'impiété. C'est
tout ce que je désire ; je ne veux pas m'attirer de méchantes affaires
dans l'autre monde ; quant à celui-ci, je suis résigné à tout. »

Je ne peux donc souffrir de sang-froid qu'on insulte Dieu et son
clergé catholique ; et je ne mettrai pas de gants pour réfuter ceux qui
veulent déshonorer ma mère, la Sainte Église.

Et qu'avons-nous donc à craindre de nous montrer ce que nous
sommes et tels que nous devons être, même en présence des bourreaux
et au pied de l'échafaud ?

L'homme ne meurt qu'une fois pour mériter le ciel ou l'enfer ; et il doit bien mourir : cela en vaut bien la peine.

Et pensons-nous éviter le danger qui menace la société et nous menace, parce que nous vivrons dans l'imprévoyance et l'inertie ? L'inoffensif gibier se croit hors de danger et à l'abri des coups de fusil du chasseur, parce qu'il s'est blotti derrière une motte de terre ; mais le coup de fusil artistement dirigé par un œil meurtrier a bien fait voir qu'il se trompait bêtement.

Or, on peut le déclarer avec l'expérience que chacun a acquise dans ce vilain monde, il n'y a rien de plus sot, de plus téméraire et de plus indifférent qu'un honnête homme. Lui seul dans le monde n'a pas le courage de dire ce qu'il pense, de faire ce qu'il désire ; car il laisse à quelques émeutiers des grands centres de population la mission de faire des révolutions à son détriment, de troubler l'ordre, de ruiner la France et de renier les vérités éternelles du genre humain.

Avons-nous jamais assisté à un spectacle plus dégradant et plus ignoble pour 35 millions de Français, à l'heure qu'il est? On dirait, vraiment qu'un Français d'aujourd'hui est une brave bête d'Arcadie qu'on bride, qu'on attelle et qu'on mène comme l'on veut à Paris?

Courbez le dos, braves bêtes du bas-empire, et recevez bientôt le bât socialiste qui vous sera envoyé d'un club de la capitale, qui prétend gouverner seule le grand et fier pays de France.

Eh quoi ! ni les cultivateurs, ni les honnêtes ouvriers, ni les ménagers, ni les notaires, ni les hommes de loi et de bureau, ni les magistrats, ni les officiers, ni les braves militaires, ni les propriétaires, ni les employés, ni les ministres, ni la majorité de la chambre et du pays, ni le président, ni les prêtres, c'est-à-dire aucun être raisonnable ne veut du socialisme ! et il n'est presque personne qui ne dise : « Nous allons au socialisme, nous allons à l'abîme! »

Eh bien ! moi je vous dis, il y a beaucoup de coupables et de grands coupables parmi les Français ; car les honnêtes gens qui manquent d'énergie et de prévoyance, après l'expérience de 93, sont coupables ou sots. Qu'ils choisissent?

Bienveillants lecteurs,

Je réveille encore une fois, selon mes forces, l'apathie malheureuse et funeste des honnêtes gens, en adressant cette lettre à M. Victor Hugo, qui a accusé le clergé d'ignorance et d'erreur.

Ah ! ce poète qui veut être ministre, qui ne dort pas à côté des lauriers de M. Lamartine, ex-ministre, et qui ne se contente pas de l'immortalité du Mont-Parnasse... Il sait bien où gît la force de la société, qui ne peut devenir socialiste pour longtemps, grâce à Dieu qui a encore des desseins de miséricorde sur la France, et grâce au clergé catholique qui prêchera et proclamera jusqu'à la mort les naturels et universels principes du Décalogue.

Le clergé catholique admet l'infaillibilité de la raison dans l'ordre des vérités qui entraînent un assentiment nécessité, et l'autorité du genre humain dans l'ordre des vérités libres et générales, qui conduisent à la révélation par la certitude historique et avec le secours de la grâce.

Quelle philosophie ! quelle vérité !

Aussi, les socialistes n'aiment pas les honnêtes gens instruits, ni les prêtres catholiques qui ne veulent pas se résoudre à manquer de sens commun et de religion, en suivant les doctrines des purs rationalistes qui ont la prétention orgueilleuse et insensée de *créer* Dieu avec Kant et de *créer* la société avec Fourier et compagnie.

Comme si Dieu, créateur de toutes choses, pouvait être créé !

Comme si la société, la mère de tout le monde, antérieure et pré-existante à la naissance de tel ou tel utopiste, pouvait être créée ! Cette prétention est au moins aussi insensée et aussi ridicule que celle d'un fils, qui dirait : je vais créer mon père, je vais créer ma mère !

Dans les circonstances actuelles, où tout ce qu'il y a de plus sacré et de plus universel au monde est bafoué, attaqué et nié, il faut de l'énergie, ou nous sommes perdus ! il faut de l'union, ou nous avons bientôt le knout socialiste !

Si vous voulez me croire, ou plutôt si vous voulez croire le Dieu de Moïse, de l'homme-Dieu, et de l'Église universelle comme la lumière, vous vous sauverez... Mais il faut agir : le temps presse... Vous déli-bérez et Catilina est à vos portes !

Mon drapeau, le drapeau du clergé catholique, c'est un drapeau d'honneur, de vertu, de grandeur, de science et de vérité ; c'est le *Décalogue*, le palladium des nations !

Je donne à tous les honnêtes gens, à tous les Français qui ne veu-lent pas devenir un perroquet ou un vautour socialiste dans le *Nou-veau Monde*, je leur donne le rendez-vous sur ce terrain actif, qui vaut mieux que du terrain neutre ; et c'est là seulement où nous trouve-rons le salut de la patrie et du genre humain.

Malheur, trois fois malheur à mes compatriotes, qui ne compren-nent pas ces idées et le besoin de l'énergie, que Dieu et la religion commandent surtout à ce moment ; de tels hommes ne méritent pas de vivre un quart-d'heure, et ils ne savent que bayer aux corneilles.

De tels hommes n'ont pas la prévoyance et l'énergie de M. de Vati-mesnil, l'un des plus éminents jurisconsultes de France, qui s'est ainsi exprimé dans la séance du 20 avril 1850 : « On nous disait, il y a peu de jours, que l'émeute avait désarmé. Eh bien ! quand autre chose encore aura *désarmé,* quand les *mauvaises doctrines,* quand les *doc-trines perverses* auront aussi désarmé.... (Explosion de rumeurs à l'extrême gauche.) Je constate, a-t-il ajouté, devant la France que c'est sur cette expression de *doctrines perverses* et *subversives* que la clameur s'est élevée. Le pays dira de quel côté sont *ces doctrines.* » Je reprends et je dis que quand les mauvaises doctrines auront désarmé, IL N'Y AURA PLUS QUE DES ENFANTS DE LA FRANCE, il n'y aura plus *qu'une seule famille,* et alors les droits de l'humanité ne rencontre-ront pas un seul contradicteur ! » O illustre jurisconsulte, vous avez bien parlé ! mais il faut que la France agisse sur le terrain actif du Décalogue, la seule vraie et solide législation.

Pour moi donc, bienveillants lecteurs, je serai heureux d'avoir ré-veillé à droite et à gauche l'énergie et l'union qui doivent tous nous animer ; et si des âmes pusillanimes et imprévoyantes blâment l'élan de mon cœur et de mon esprit, je répéterai avec une voix de ton-nerre, mille et mille fois, à la porte des presbytères et des honnêtes gens : *A moi.* Auvergne !!!

En défendant l'Église catholique et son clergé contre les attaques injustes et furibondes de ses ennemis, je défends l'ordre, la société et le parti de Dieu ; et je fais voir que, soldat ou capitaine, tout le monde doit être sur la brèche aujourd'hui.

En effet, chacun répondra de son âme à Dieu ; et l'éternité est trop longue pour qu'on néglige de faire quelque bien dans le court novi-ciat, qui nous échappe à chaque seconde.

Dans une autre lettre, envoyée à M. Jules Favre, dont je respecte les talents et le mérite, et dont je déteste les erreurs, Je me suis moque du socialisme par l'ironie, plus ou moins juste ; et j'ai voulu que le peuple rit des bêtises et des absurdités dont on veut régaler sa bonne foi ; et que l'on sût dans le monde qu'il n'y aura que les niais et les imbéciles qui donneront avec des coupables dans le panneau socialiste. Quant au reproche de cruauté que M. Jules Favre a fait à l'Eglise, toutes les fois qu'elle a été puissante, il n'était pas difficile de l'anéantir en quelques pages.

Dans cette lettre, je prouve que le clergé catholique n'est pas étayé sur l'erreur et l'ignorance, comme l'a avancé poétiquement M. Victor Hugo, qui est le coiffeur de la lune ; mais je ne me rappelle plus bien dans quel ouvrage l'auteur de *Han d'Islande* a coiffé la lune, soit avec un bonnet de coton, soit avec une casquette, soit avec un claque, soit avec un tricorne, soit avec un chapeau, soit avec un shako ou avec un bonnet phrygien !

Cette réminiscence a frappé mon esprit, lorsque j'ai lu les outrageantes accusations contre le clergé catholique.

Or, il se repentira de nous avoir ainsi attaqués ; il verra et vous verrez, bienveillants lecteurs, qu'il y a une différence extrême entre nier et prouver, d'après cet axiome de philosophie : *Non satis probaret philosophus quod negaret asinus !*

Il verra et vous verrez par des faits, par des dates, par des noms de savants en tous genres, par des monuments et par de grandes découvertes et inventions, que le clergé catholique a été savant pendant les dix-sept siècles et demi, où il était à la tête des peuples avec lesquels il vivait !

Cobbett, historien anglais, n'a-t-il pas dit que plus des deux tiers des savants sortaient du sein de la religion catholique ? Et, aujourd'hui, tous les hommes, de quelque valeur morale et scientifique, ne sont-ils pas catholiques ?

C'est pour cela que je ne citerai aucun nom des savants ecclésiastiques et laïques de notre siècle ; car le nombre en est trop grand ; et je craindrais d'exciter la jalousie par un oubli involontaire.

Nous, disciples de la religion universelle, nous avons une date qu'on ne peut nier, c'est 1850 !

Eux, nos adversaires et quelquefois nos ennemis, ils ont 93 !

Nous, nous avons Bossuet, prêtre catholique, et Racine, bon catholique, et des milliers d'autres génies !

Et eux, ils ont la mort de Lavoisier en 93 !

Et sans vouloir ici flatter les poètes, qu'est-ce donc que le génie de M. Victor Hugo auprès du génie de l'*Aigle de Meaux* et de l'auteur de d'*Athalie?*

Il est des hommes à qui un reste de pudeur devrait imposer le silence, lorsqu'il s'agit d'attaquer le clergé catholique, dont tous les peuples civilisés et savants de l'Europe et de l'Amérique, et autrefois de l'Asie et de l'Afrique, sont les nobles vaincus. Or, il n'en est pourtant rien ; puisque aujourd'hui, le sans-culottisme littéraire est mis au-dessus de la langue de Racine et de Bossuet !

Qu'on lise le sublime et l'original Madrolle et Platon-Polichinelle, dont j'avais, depuis des années, les idées et les désirs, sans pouvoir les exprimer, et l'on avouera que le clergé catholique est grand et savant, et que son passé répond d'un bel avenir aux yeux des hommes qui ne sont ni prévenus et ni injustes par esprit de système.

Je devais prouver en quelques pages, dans une seconde partie, que M. Victor Hugo blesse le sens commun par *sa raison de l'état* qu'il adore toujours lorsqu'il parle de la liberté d'enseignement ; mais j'ai passé cette seconde partie comme une surabondance de droit ; et le plus simple est de laisser démontrer cette vérité jusqu'à l'évidence par l'auteur lui-même, dans des discours creux et discordants, improvisés après trois mois de préparation.

Quant à moi, je ne prétends nullement avoir l'esprit et le sens commun que vous avez plus que moi ; je désire seulement prouver que tout le monde, à l'heure qu'il est, et plus que jamais, doit aimer avec énergie et persévérance son Dieu, sa religion, sa patrie, le bon sens, la vertu, la justice et l'honneur. Vous ne pouvez donc pas m'en vouloir de ce que je tâche de dire à la France ce que vous pensez et ce que vous voulez vous-mêmes.

Au reste, sachez-le, je vous paye de mon estime et de mon affection ; et, si elles sont de quelque prix pour vous, recevez-les comme une faible obole de ma reconnaissance.

De grands génies ont déjà travaillé avec succès sur la matière que j'explore pour la gloire de Dieu et le bien de mes semblables, et surtout des ouvriers et des malheureux ; mais il est fâcheux que la masse des Français ne lise pas ces ouvrages, qui, coûtant trop cher, ne sont plus à la portée du peuple.

Je me propose aussi de corriger ma première brochure, qui m'a coûté trop peu de travail et de peines ; mais qui est pourtant une bonne action et un acte de courage.

Lorsqu'on a lu des ouvrages socialistes, où l'auteur veut prouver que la société actuelle est à rebours du sens commun, que la vie et la grandeur des nations se trouvent dans les quatre murailles d'un *phalanstère* et dans la *chaudière* socialiste, qui doit refondre la France pour en faire une divine Médée, d'après M. de Montalembert ; lorsqu'on a lu tous ces fatras d'absurdités et de sottises socialistes, vraiment on descend malgré soi dans une ironie que l'on est prêt à corriger pourtant, parce que les paroles et les idées de vos adversaires, n'étant pas sur la même page que les vôtres, peuvent faire croire à certains lecteurs qu'elles vous sont propres et naturelles.

Je remercie donc bien sincèrement l'illustre et le vertueux évêque de France qui a encouragé ma première brochure, malgré les défauts que je lui ai connus moi-même avant tout autre ; et je ne demande qu'à Dieu seul une récompense qui coûte quelquefois trop cher aux hommes, mais que ce bon Dieu sait donner infinie et sans regret ; car il est juste et il sait tout bien juger.

Travail oblige !

Sobriété ! Probité ! Religion !

LETTRE D'UN EVÊQUE FRANÇAIS,

au sujet de ma première brochure,

A UN PRÊTRE, MON AMI.

—

« Monsieur,

» *Le Socialiste* est plein de verve ; et j'entre fort dans la pen-
» sée de l'honorable prêtre qui en a témoigné son indignation en
» si bons termes ; le châtiment est sévère sans doute, mais il est
» bien mérité.... Puisse-t-il corriger tous ceux à qui l'auteur
» s'adresse et qui ont besoin de cette leçon !

» Ce sera surtout l'ouvrage de Dieu qui peut seul guérir tou-
» tes les plaies déjà bien profondes que le socialisme nous a
» faites ; il faut le prier et tout espérer. »

Seconde Edition.

A Paris. — Chez Dentu, au Palais-National ;
A Amiens. — Chez Alfred Caron, Libraire ;
A Abbeville. — Chez De Villers, Libraire ;
A Péronne. — Chez Quentin, Libraire ;
A Montdidier. — Chez Leroux, Libraire ;
A Roye. — Chez Déruelle, Libraire ;
A Compiègne. — Chez Dubois, Libraire ;
A Noyon. — Chez Cottu, Libraire ;
A Saint-Quentin. — Chez Cottenest, Libraire.

—

LE SOCIALISTE

LE PLUS INAMOVIBLE ET LE PLUS RUSÉ

C'EST LE SERPENT,

ou

RÉFUTATION DE QUELQUES ERREURS DE M. JULES FAVRE,

DÉPUTÉ SOCIALISTE,

Par un PRÊTRE catholique et amovible.

Brochure in-8°.

———

Le Clergé catholique n'est pas étayé sur l'ignorance comme l'a dit M. Victor Hugo dans la séance du 16 janvier 1850; cette accusation est une outrageante calomnie.

I.

M. Victor Hugo descend des hauteurs des cieux pour accuser le clergé d'ignorance.

Illustre tribun,

Certains poètes, excepté les génies du premier ordre, saisissent rarement les réalités. Le vague, le nébuleux, l'abstraction, la fiction, le mythe, la féerie, le roman, l'inspiration, l'enchantement et la divinisation, voilà leur domaine, voilà leur état normal.

Cette appréciation telle quelle de la poésie ne vous regarde nullement, puisque vous êtes un génie du premier ordre, et que vous montrez une grande et merveilleuse aptitude pour les affaires publiques de ce bas monde. Cependant, je vous dis avec la franchise d'un bon cœur que vous avez eu tort de laisser là les réalités célestes pour venir barbotter dans les tristes et scandaleuses réalités humaines : telle n'est pas la vocation d'un poète, telle n'est pas la vôtre !

Une de ces réalités terrestres et humaines que vous avez saisies dans votre vol de poète, à la tribune française, à la tribune du premier pays du monde, est une calomnie contre le clergé catholique, exprimée en termes pompeux, ronflants et mirobolants, qui me rappellent vos douces et gracieuses descriptions dans *Han d'Islande*.

Voici cette calomnie :

« *Le parti clérical veut baillonner la France, pétrifier la pensée humaine, arrêter les progrès et les lumières : Il rêve l'immobilité et veut le gouvernement de la léthargie! Que l'État n'abdique pas sa raison! Non pas d'abdication de la raison de l'État!* »

Il est fâcheux qu'un homme de génie se fasse le répé-

titeur de Voltaire et de ses sectaires fanatiques ; Homère,
Eschile, Virgile, Horace, Letasse, L'Arioste, Rotrou, Ca-
möens, Corneille, Crébillon, Racine, Boileau, Milton,
Pompignan, Goëthe, Jean-Baptiste Rousseau, Millevoye,
Gilbert, Shakespeare, Pope, Schiller, Delille et Casimir
Delavigne, tous ces grands poètes n'auraient jamais voulu
descendre des hauteurs des cieux, pour venir dire à la
terre que les prêtres *de leur religion baillonnaient* leur
patrie *et pétrifiaient* la pensée humaine !

Il était donc réservé à un poète *socialiste* d'ajouter ce
non-sens à tant de non-sens, cette calomnie à tant de calomnies, cette absurdité à tant d'absurdités contre le sens
commun et le christianisme universel ?

Et vous ignorez donc, monsieur Victor Hugo, que, si
nous ne sommes plus riches des biens de la terre, que les
socialistes de 93 nous ont enlevés, nous n'avons jamais
cessé d'être immensément riches de raison, de sens commun, de vérités universelles et inaliénables, qui ne peuvent se vendre avec la sanction de la guillotine, et s'a-
cheter avec des assignats ?

Le clergé catholique ne peut pas être ignorant ! sa mission s'oppose à ce crime et à cette apostasie ; et sa conscience et l'amour de ses frères le rappellent sans cesse au
devoir de la science. Est-ce que le prêtre n'a pas reçu de
Dieu l'ordre d'éclairer et d'enseigner toutes les nations ?
Vos estis lux mundi ; Ite, docete omnes gentes. Vous
êtes la lumière du monde : allez, enseignez toutes les nations, à dit Jésus-Christ. Le prêtre catholique possède Jésus-Christ, qui est l'incarnation de la vérité ; il croit à une
Église qui est une, sainte, universelle, féconde et apostolique comme la vérité ; il parle au nom de l'Église ; et il
n'est que l'écho des siècles et de Dieu ; car la vérité est
éternelle et ne change pas. En cela, l'erreur diffère d'elle ;
puisque l'erreur a le privilége de prendre les mille formes
de la variété et du changement comme le serpent. Aussi,
les esprits solides et sérieux prennent seuls le parti de la
vérité ; tandis que les partisans de l'erreur sont des esprits
légers et orgueilleux qui s'imaginent avoir du génie en
disant des choses hardies et nouvelles. Comme si la vérité
morale et philosophique pouvait s'inventer ! Dieu aurait
manqué à lui-même et à l'homme, s'il n'avait pas révélé
toute vérité morale et philosophique ; et c'est le sacerdoce

catholique qui en est le dépositaire, depuis Jésus-Christ. Je laisse aux grands génies la charge de faire de hautes considérations sur ces points de vue; et je veux prouver simplement par l'histoire que nous sommes savants.

Aussi, j'ose croire que vous devez vous repentir d'avoir calomnié le clergé catholique, non du haut de l'olympe, mais du haut de la tribune française.

II.

Le rôle que joue M. Victor Hugo.

Et d'abord, ô sublime auteur de *Han d'Islande*, sachez que nous vous renions pour l'un des nôtres : le rôle que vous jouez est pis que celui d'un persécuteur; c'est le rôle que jouent les hypocrites! Julien l'apostat reprochait à l'Église son ignorance, lorsqu'il avait fait fermer toutes ses écoles et fait brûler toutes ses bibliothèques. Et qu'avons-nous besoin de vos éloges pour l'Église catholique? Pourquoi nous encenser d'une main et nous souffleter de l'autre? Vous voulez donc ajouter l'ironie au martyre de notre religion, qui sort à peine des catacombes de la persécution et qui commence à s'environner de l'auréole du génie et de la science, en réparant les larges brèches que 93 à faites à son sanctuaire?

Est-ce que vous pensez que nous ne savons pas à quoi nous en tenir sur le *parti-prêtre*, sur le *parti-clérical*, sur le *gouvernement des jésuites* et *de la soutane? Le parti-prêtre*, c'est Jésus-Christ, condamné par Pilate; ce sont tous les prêtres, qui auront à faire à la race inextinguible des Pilates, jusqu'à la fin du monde; car il n'y a pas d'*Église* sans *Christ* et sans *prêtres*. ..

J'avoue que vous avez le droit de blâmer tel ou tel prêtre en particulier, s'il laisse sa robe de chair ressembler à la vôtre; et encore, lorsque cet individu descend des hauteurs de l'éternité pour devenir un homme ordinaire, il ne fait que suivre les mauvaises doctrines, prônées et glorifiées par des romanciers et des feuilletonistes de l'époque; il a été inconséquent avec sa doctrine et conséquent avec celle de vos amis, qui tombent sur lui comme sur une proie, après sa chute. O justice des hommes !

Mais n'est-ce pas abuser de l'étrange privilége qu'ont les poètes de pouvoir tout dire, que de jeter, sur tout un ordre d'hommes choisis, une accusation pareille, à la face de l'Europe et du haut de la tribune française? Ne serait-ce pas manquer à toutes les bienséances reçues que de s'exprimer ainsi : « La magistrature est ignorante! L'ar-
» mée est ignorante! Les académies sont ignorantes!
» L'Université est ignorante! La Chambre est ignorante?»
Et lorsqu'il s'agira du clergé catholique, cette manière de s'exprimer sera juste et légitime!!!

Qui donc vous a donné le droit de faire monter votre mépris à la hauteur du sacerdoce? Les prêtres, parce qu'ils sont prêtres, auraient donc aussitôt le diplôme de l'igno-rance, sans examen préalable? Ce sont pourtant des hommes comme les autres ; ils ont comme vous une ima-gination pour se représenter les grandeurs et les merveil-les du Tout-Puissant, — une mémoire pour se rappeler ses bienfaits, — un cœur pour aimer l'honneur, la vertu, la famille, les malheureux, la patrie, le genre humain et Dieu, — un esprit pour adorer Dieu, le bénir, le louer et le prier, — des mains pour essuyer les larmes des malheu-reux et donner l'aumône aux pauvres, — des pieds pour courir dans la maison de la veuve et de l'orphelin, — et une langue pour annoncer la vérité et défendre les droits de l'opprimé et du faible : tels sont les prêtres, comme vous les enfants de la France et de l'Église catholique! Pourquoi donc leur faire l'hommage de vos injures gra-tuites et imméritées?

Ah! vous trouvez encore dans votre justice assez d'amour du vrai et du bien pour admirer poétiquement la mort de l'archevêque de Paris, martyr de sa charité! Mais trouveriez-vous, à l'occasion, quelques mots de blâme contre ses bourreaux et contre les auteurs des combats fratricides des 23, 24, 25 et 26 juin 1848? Entre les vic-times et leurs tyrans, entre les justes et leurs calomnia-teurs, y a-t-il beaucoup de différence aux yeux de votre génie? Je le crois certainement : et cependant votre con-duite parle contre vous.

Eh quoi! un poète comme vous, un homme d'un beau génie que l'on ne juge grand, que parce que vous êtes le chantre de la divinité et de ses éternelles vérités.... vous vous faites un accusateur public contre le clergé catholique? Laissez donc ce rôle à des hommes, en qui une mauvaise action n'engendre plus de remords ; car il n'est pas digne de vous, et vous en rougirez tôt ou tard. Qu'il est triste d'avoir vu un homme de talent comme Voltaire spéculer sur la théorie du mensonge pour augmenter sa gloire et sa réputation, ou des écrivains modernes sur des calomnies contre les jésuites pour faire revivre des journaux en décadence ! De tels moyens machiavéliques, vous les blâmez avec moi parce que vous êtes un homme d'honneur, et vous montrez par là que vous êtes de bonne foi dans vos attaques contre nous.

III.

Des attaques de M. Victor Hugo contre l'Église.

Illustre poète socialiste,

Vous avez lancé contre le clergé catholique la plus grossière, la plus furibonde et la plus méchante des injures : vous l'accusez de *fermer le livre de l'humanité*, de *repousser jalousement, fatalement la science et le progrès, et de poser à la vérité ces deux états merveilleux : l'ignorance et l'erreur.*

Je vous déclare que vous êtes aussi dangereux que Voltaire contre l'Eglise catholique, quoique vous ne soyez pas méchant comme lui ; car si vous n'appelez pas encore l'Eglise catholique *infâme superstition*, vous l'appelez *l'ombre de la soutane, le gouvernement de la sacristie, l'ennemie des croyants, le parti clérical, le parti prêtre, la maladie d'une religion qu'elle ne comprend pas ;* et pour faire passer plus facilement toutes ces infamies, vous avez la malice d'ajouter pour éblouir les badauds :

« Je veux l'enseignement religieux de l'*Eglise*, et non d'un *parti...* Je ne vous confonds pas, *vous parti clérical,* avec l'*Eglise,* pas plus que je confonds le gui avec le chêne. »

O sublime auteur de *Han d'Islande,*

Néron a fait moins de mal à l'Eglise que l'hypocrite Julien l'apostat, qui n'avait pas le courage du mal. Jugeons donc votre conduite, livrée aux quatre vents de la publicité, avec le calme et l'impartialité d'un honnête homme et d'un prêtre loyal et franc. J'espère vous prouver que je suis votre meilleur ami, en ne vous ménageant pas : *Dilige homines, interfice errores;* et les applaudissements que vous recevrez de moi ne vóus coûteront que la peine de vous rétracter et d'avouer vos torts.

Amicus Plato, sed magis amica veritas.

Ainsi, quoique vous n'ayez plus les mêmes droits à l'estime des hommes qui ne veulent pas être des fous dans le *nouveau monde*, et qui tiennent encore aux principes éternels des choses, je suis pourtant fort péiné que vous ne fassiez qu'un avec des impies pour insulter l'Eglise catholique.

En effet, si vous n'êtes pas toujours d'accord sur les moyens, vous l'êtes sur le fonds, et c'est là le principal. Votre but, en mettant à la retraite *l'ancien monde* pour bâtir le *nouveau*, est de détruire directement ou indirectement l'Eglise, qui est l'ouvrage de Jésus-Christ, l'homme-Dieu... L'entreprise est hardie et plus téméraire même qu'une ascension au haut de l'olympe. Des hommes tels que Néron, Julien l'apostat, Arius, Luther, Voltaire et Robespierre ont échoué dans cet infâme projet... Pourquoi, vous, qui êtes mille fois meilleur et plus saint qu'eux, n'échoueriez-vous pas ? Et quand bien même vous descendriez au-dessous de ces hommes que Dieu et le genre humain ont en horreur, *je vous jure* que vous ne tuerez jamais l'Eglise et son clergé catholique !

L'Eglise catholique ne peut-elle pas dire de tous ses ennemis de tous les temps : « Je n'ai fait que passer... Et ils n'étaient déjà plus ! »

Ne peut-elle pas s'écrier, en se montrant à ses nouveaux ennemis : « Dix-neuf siècles de sainteté, de gloire, de grandeur, de vertu, de science et de bienfaits ornent mon front immortel ! Respectez-le. c'est le front d'une mère ! »

Terrible apanage de la vérité !

Non, vous ne pouvez pas détruire l'Eglise catholique et son clergé, qui ne fait qu'un avec elle ; mais vous pouvez néanmoins lui faire quelque mal. C'est au reste une consolation pour l'homme qui ne veut pas se résoudre à faire le le bien comme Jésus-Christ, et comme Saint-Vincent de Paule, son disciple et son prêtre catholique. Satan lui-même n'a que cette seule consolation, depuis le jour où il a voulu devenir le chef des incrédules et des socialistes...

O illustre poète,

Je vous conjure de bien peser avec moi vos scandaleuses paroles et de les déplorer amèrement, avant d'aller rejoindre Dieu, qui se trouve *à la fin de tout ;* car il est bien à craindre, d'après la doctrine chrétienne, que vous admettez encore, que vous ne jouissiez jamais de *la perpétuelle vision du monde meilleur, qui rayonnera après les ténèbres de la vie* (comme vous le dites si bien dans votre discours du 16 janvier 1850).

Il faut donc que vous laviez avec les larmes de l'expiation cette mauvaise page du livre de votre vie ! Celui qui vous méprise me méprise, dit Jésus-Christ en parlant des prêtres ; et le royaume des cieux n'est pas pour eux. Voilà la loi et les prophètes ! « Pour vous, l'enseignement de l'*Église* est respectable ; car l'Église que vous ne confondez pas avec le *parti-clérical* est votre mère et non votre servante. » (Discours du 16 janvier 1850.) « Pour M. Jules Favre, l'*Église,* qu'il ne confond pas avec *la religion,* est absolue, violente et surtout *sanguinaire,* toutes les fois qu'elle a été puissante ; et l'histoire est là pour répondre aux murmures de l'Assemblée, a-t-il dit dans son discours du 11 février 1850. »

Vous voilà pris en flagrant délit de contradiction avec un ami intime qui fait chorus avec vous contre l'Église catholique et contre le parti-prêtre. Qui croire de vous deux ?

L'un respecte l'*Église* et déteste le *parti-clérical.*

L'autre respecte la *religion* et déteste l'*Église.*

Ah ! je crains que les honnêtes gens ne vous croient ni l'un ni l'autre. Quant à moi, qui veux être juste envers vous deux, je ne croirai que cette parole de la sainte écriture : *Iniquitas mentita est sibi :* L'iniquité s'est mentie à elle-même.

O illustre poète,

Que désormais votre lyre fasse retentir au loin ses saintes et sublimes inspirations, qu'elle puisera dans le sein d'une Église si divine, si grande, si élevée et si aimante, et qui n'existe que par son clergé. Mais, de grâce, que votre lyre ne se fasse plus l'écho de ces sales et voltairiennes attaques qui roulent les ruisseaux de nos rues.

Racine, inspiré par les prêtres et par l'enseignement de

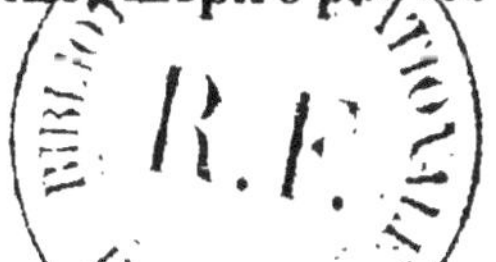

l'Église catholique, composait *Esther* et *Athalie*.... Je vous conseille d'en faire autant, et de vous reposer après. A quoi bon la célébrité de la tribune aux dépens de votre gloire et des qualités de votre cœur? Pourquoi donc oser avancer que le clergé catholique est l'ennemi de la science, de la vérité et du progrès?

Calomnie! ignorance! injustice!

Tels sont les péchés énormes dont vous vous rendez coupable sciemment ou involontairement? Dieu le sait!

IV.

La mission du prêtre catholique engendre la science et la vertu.

Il serait facile de vous convaincre de vos torts, Monsieur, par le témoignage du plus sensé et du plus spirituel écrivain de nos jours, M. Cormenin, qui dit, dans une de ses dernières brochures : « N'est-il pas humiliant pour le grand corps électif, qu'en dehors de Paris, que dans des villes de plus de cent mille âmes, dans le reste d'un territoire qui ne comprend pas moins de 35 millions d'hommes, il n'y ait pas un seul littérateur, un seul savant, un seul publiciste de renom! Voilà pourtant le fruit du monopole parisien. »

Je n'invoque pas pour cela le témoignage de M. Thiers, qui a prouvé à la tribune, avec mille autres, qu'il y a moins d'étudiants *aujourd'hui* qu'en 89, quoique la population fut augmentée d'un tiers, et que chacun prétendît à toutes les places, sans travail et sans aptitude spéciale; non, je n'invoque pas le témoignage de cet écrivain qui assure, après de murs examens, que *le niveau des études* et que *le niveau des esprits est baissé* dans l'Université, et qui appelle le grand siècle, celui de Louis XIV, où la religion catholique était crue et pratiquée par tout le monde, et où le *clergé catholique* était mieux prisé qu'aujourd'hui.

Oui, Monsieur Victor Hugo, tout est baissé en France depuis qu'on a répété, avec une rage infernale, ces monstrueux refrains : « Mentons, mentons toujours, il en restera quelque chose! Ecrasons l'infâme! » contre Jésus-Christ et contre sa religion romaine; et depuis que l'on a abattu des croix, commis des sacriléges, bafoué Dieu, adoré une fille publique et coupé la tête à des prêtres et à d'honnêtes gens.

Oui, la société est malade et à l'agonie, non par la faute du clergé, qui enseigne toute vérité universelle; et qui, en dehors de tout mouvement politique, pratique les vertus de pauvreté et de charité tous les jours dans les campagnes et dans les villes; mais *par la faute* de l'esprit incrédule, sceptique, fataliste et voltairien, qui a pénétré partout, et qui dissout tout gouvernement.

Oui la société est malade et inguérissable, à moins d'un miracle du tout-puissant, qui fera encore courber la tête au fier sicambre, à l'orgueil et à la volupté, et qui saura encore une fois donner une bonne et terrible leçon à Paris et à la France!

Il s'est échappé de la poitrine d'un grand nombre de Français *ce cri sinistre*, qui est le râle de la société sceptique et voltairienne; voici ce cri sinistre :

Une fois qu'on est mort, tout est mort!

Ah! les cruels et les impies voltairiens! ils n'auront pas même la consolation du néant qu'ils invoquent, et que l'auteur du Han d'Islande réprouve de toute l'énergie de son talent.

Oui, ô sublime poète, interrogez tous les curés et tous les maires des quarante mille communes de France, et ils vous certifieront qu'ils ont entendu bien souvent cette parole, *inconnue à nos pères....*

Est-ce donc la faute du clergé catholique, si la France se matérialise, s'en va et perd sa dignité? Ignorez-vous donc que si un grand nombre de Français croient encore à Dieu et à sa religion, quoiqu'ils n'aient pas toujours le courage de pratiquer tout le décalogue, c'est au clergé catholique qu'ils le doivent?

Or, vous savez que la *croyance* en Dieu et en sa religion est le principe *unique* de toute grandeur, de toute vertu, de tout progrès saint et de toute vérité, et que cette croyance est la vie du corps politique et ne lui laisse que la liberté ou de se conserver *avec elle*, ou de se dissoudre *sans elle*, d'après Platon, qui dit : « *Prima in omni bené constitutâ Republicâ cura est de verâ religione.* » (Platon chapitre II des Rép.).

Religio vera est firmamentum Reipublicæ (livre V des lois)?

La vraie religion a mis la nature humaine au grand jour, et il est plus facile d'être Augustin, Bernard, Dante, Michel-Ange, Raphaël, Thomas, Racine, Bossuet, Vincent de Paule avec le Christ, qui a divinisé la douleur, qu'avec les stoïciens qui l'ont niée ou insultée.

Le sacerdoce catholique est l'instigateur nécessaire et le propagateur-né des étincelles qui réveillent le génie; et on doit ce magnifique résultat autant à son cœur qu'à son esprit. Le cœur d'un prêtre est le sanctuaire et le refuge de toutes les vertus; et dans les naufrages des peuples, au temps des persécuteurs romains, des barbares, des Mahométans, des hérésiarques, du moyen-âge, de la réforme et de 93, lorsque la justice, la vertu, la charité, le dévouement avaient disparu de toutes les consciences humaines, on retrouve toutes ces divines choses dans la poitrine et dans les actions de l'apôtre et du missionnaire catholique. Lui seul depuis 18 siècles a inspiré toutes les vertus, les a honorées, préconisées, béatifiées et canonisées, en les plaçant sur les autels de ses églises, comme des phares lumineux pour indiquer la route à suivre et l'écueil à éviter. Lui seul sait apprécier et récompenser toutes les gloires nationales pures et innocentes, en présence desquelles la patrie n'a pas de larmes à répandre, la morale d'outrage à déplorer, la religion d'égarements à pardonner ou de blasphèmes à punir.

Lui seul sait glorifier le véritable et sincère patriotisme, épuré par son alliance avec toutes les idées nobles et saintes, avec la foi chrétienne, qui n'est qu'une magnifique extension de la raison. Lui seul enseigne et pratique éminemment la justice, l'abnégation et l'amour envers Dieu et son prochain. Lui seul prêche la haute philosophie qui fonde les sociétés humaines sur la morale et l'intérêt de tous, qui recommande le respect du pouvoir légitime comme garantie d'ordre et de paix, qui apprend à aimer sa patrie comme image de la grande famille universelle, et à la servir avec un zèle constant, comme signe de juste gratitude pour la constante protection qu'on en reçoit. C'est le clergé catholique qui inspire tout ce qu'il est possible de concevoir de plus élevé dans les choses qui honorent et aggrandissent la nature humaine. Lui seul possède et communique ce feu intérieur qui brûle incessamment dans les grandes âmes, cette flamme ardente et pure qui, en même temps qu'elle éclaire l'esprit de toutes les lumières de l'intelligence, passionne le cœur pour le beau en toutes choses. Lui seul a le sublime secret des fins glorieuses de l'homme et de la dernière transformation de sa nature ! qu'il est bien différent le prêtre catholique du prêtre que vous vous forgez dans votre imagination fantasmagorique et hyperbolique ?

Un tel homme, s'il eût existé dans l'antiquité, aurait eu des autels, et aurait vu Platon se prosterner à ses pieds ! Et pour cet homme, Néron a des bûchers, Julien l'apostat et Voltaire des sarcasmes, Robespierre des échafauds, et vous, vous avez des injures et des blasphèmes !

Or, je le jure, la main étendue sur le ciel, après Dieu, le prêtre catholique seul est véritablement grand sur la terre ; et seul il est le principe de la science et de la vertu.

C'est à la connaissance d'un seul vrai Dieu et de son christ, fondateur d'une religion et d'un sacerdoce catholique ou universel que nous devons ces augustes secrets du cœur et du génie, ignorés de tous les sages du Portique et du Lycée. Avec des dieux de bois, de pierre, de marbre et d'or, les esprits étaient naturellement rétrécis, et ne pouvaient s'élancer sûrement dans les domaines de l'infini. C'est sous la garde des papes et des prêtres catholiques que Dieu place le testament des âges, les joies d'un cœur vertueux, la gloire du génie et l'esprit de l'avenir... Lorsque vous voyez, illustre poète, un siècle briller de l'auréole de la splendeur scientifique et morale, vous pouvez dire sans vous tromper : « C'est le sceau de Dieu ; ce siècle est catholique ! »

Ainsi, les siècles de Léon X, pape, et de François Ier, de Richelieu, cardinal, et de Louis XIV sont éminemment catholiques, et par conséquent sacerdotaux ! Le sacerdoce catholique a révélé au monde, depuis Jésus-Christ, d'autres idées, d'autres sentiments, d'autres images, d'autres passions et d'autres joies, et la majesté de notre génie et de notre grandeur l'emporte sur les anciens et sur les modernes éclectiques, autant que Jésus-Christ l'emporte sur Jupiter, la Vierge sur Vénus et la déesse-raison, un saint sur vos héros de bagne, glorifiés par votre littérature cupide et immorale.

Chez les anciens et chez vous, on ne connaît pas ces vertus réservées et sublimes, l'humilité, la résignation, la chasteté, la douceur, la virginité, la patience, qui font monter le génie sur des hauteurs inaccessibles à l'humaine nature; et toutes ces grandes et merveilleuses choses disparaissent avec le sacerdoce catholique, qui a tous les éléments pour être grand, savant et vertueux, et qui pousse son héroïsme jusqu'à désirer d'être anathême pour Dieu et ses frères, et jusqu'à aspirer la mort au lit d'un cholérique ou sur l'échafaud!

Ainsi, ô grand poète, le clergé catholique qui relève chaque dimanche à la messe, et chaque jour dans ses catéchismes (quelle philosophie!), le niveau des esprits et des cœurs ne peut être l'ennemi des véritables lumières et des véritables progrès des peuples.

Au reste, j'ai des dates éloquentes et des faits inattaquables à vous citer pour vous faire rougir de vos téméraires et injustes accusations.

Que les dates parlent donc; que les faits parlent; et que la calomnie et l'ingratitude se taisent, car on n'argumente pas contre les faits et contre les dates!

V.

M. Victor Hugo ne peut point détruire, ainsi que personne au monde, la logique des faits qui prouvent que le clergé est savant.

Illustre poète,

Je ne prétends parler ici que des Gaulois et de la France pour réfuter directement vos affreuses paroles contre le *parti clérical*, contre le *parti prêtre*, comme vous l'appelez avec un cynisme d'effronterie que je ne pardonne qu'à Néron et qu'à Voltaire; et j'oublie toute l'histoire du paganisme, où tout était Dieu, excepté Dieu lui-même.

Eh bien! est-il vrai *qu'il y a 1850 ans*, nos pères, qui s'appelaient Gaulois, avaient pour toute religion un polythéisme grossier, ou plutôt un sale et dégradant fétichisme?

Est-il vrai que les pierres, les arbres, les vents et autres phénomènes de la nature, furent adorés par le peuple dont nous descendons?

Est-il vrai que plus tard on adora Taranu, Bel, Teutatès, Hésus, Oginius et les cruels et sanguinaires dieux des Druides, les prêtres de ce temps?

Est-il vrai que nos pères sacrifiaient des victimes humaines sur les autels de Teutatès, et qu'ils adoraient *le guy sacré* ou le gland des chênes, qui devait être coupé avec une faucille d'or ?

Est-il vrai que rois, chefs, guerriers, peuple, tout était soumis aux *Druides*, et tremblait devant eux, comme devant l'affreux Teutatès, dieu du sang, au nom duquel ils régnaient par la terreur?

Est-il vrai que le druidisme refusait d'éclairer le peuple comme autrefois Platon et Socrate, qui n'enseignaient quelques lambeaux de vérité qu'aux grands et qu'aux riches, et que le peuple était esclave, brute. et une monstruosité morale?

Procul estote profani, loin d'ici profanes, lui criait-on!

Est-il vrai que plus tard, ce peuple qui devait se composer de tant d'éléments hétérogènes, déclarait solennellement et en face de Dieu, par l'élite de ses enfants, que *foi de chevalier il ne savait signer?*

Est-il vrai que Jean-Jacques, le père des socialistes, a fait un discours, couronné par l'Académie, pour prouver que les sciences et les lettres étaient la cause de la dépravation et de la décadence des peuples, et qu'il a dit que s'il avait la main pleine de vérités, il ne l'ouvrirait pas pour en éclairer *le peuple?*

Et c'est après que nous avons fait de ce peuple le premier peuple du monde, le plus noble, le plus généreux, le plus vaillant et le plus vertueux, le plus savant des peuples ; c'est après de tels services que vous venez nous accuser d'ignorance et d'erreur, de gouvernement de la léthargie, de l'ombre et de la mort?

Il vous sied bien de nous payer d'ingratitude, lorsque vous et vos amis ne savez que démolir et régner sur des ruines. Vous n'avez qu'une date, sur laquelle vous appuyez vos innovations et votre *nouveau monde*; cette date est écrite avec du sang : 93!!!

Et nous, nous avons une date, qui rayonne de l'auréole de la vérité et de la charité, de la douceur et de la mansuétude, de la gloire et de la grandeur, de la science et des arts, de la vertu et du génie.....

Cette date, ne l'oubliez pas, ingrat; car elle est basée sur le Christ, le sauveur du monde, sur l'Église catholique et sur son clergé. La voici : 1850!!!

Comme il vous reste encore, Monsieur, de la justice et

de l'impartialité dans votre cœur de catholique, .écriez-vous de suite avec Julien l'apostat : *Tu as vaincu Galiléen!*

VI.

Ce sont les Prêtres qui ont prêché la science et la vérité dans les Gaules.

Est-il vrai que ce furent saint Pothin et saint Irénée à Lyon, saint Exupère et saint Saturnin à Toulouse, saint Trophime à Arles, saint Martial à Limoges, saint Austremoine à Clermont, saint Amans à Rodez, saint Loup à Troyes, saint Germain à Auxerres, saint Firmin à Amiens, saint Ouen à Rouen, saint Vaast à Arras, saint Remy à Reims, saint Quentin à Laon, saint Denys à Montmartre, saint Lucien à Beauvais, saint Éloy à Noyon, et mille autres prêtres; est-il vrai que ce furent tous ces saints catholiques, qui changèrent les Gaules avec le baptême de la vérité et de la charité? Est-il vrai que ces hommes devenaient les conquérants de la terre, non en répandant le sang de leurs semblables, mais en répandant leur propre sang pour eux et pour Dieu?

Est-il vrai que les cœurs de saint Augustin et saint Jérôme se déchiraient de douleur. à l'aspect de la désolation universelle, pendant les ravages des barbares, et que les prières de ces deux grands hommes *du parti-prêtre, du parti-clérical* avaient des ailes de feu, pour aller demander à Dieu de faire enfin miséricorde au monde?

Est-il vrai que saint Loup, saint Germain et sainte Geneviève firent reculer des Gaules le cruel Attila, par leur saint aspect, aussi divin que l'aspect de saint Léon, pape, à Rome?

Peut-on nier que c'est grâce aux constants efforts et au dévouement quotidien des prêtres et des évêques catholiques, que la Gaule est devenue la France de Charlemagne, de saint Louis, de François Ier, de Henri IV, de Richelieu, de Louis XIV, de Napoléon, de Louis XVIII et de l'avenir catholique?

Qui ne sait que les Gaulois et les Germains, tous ces grands enfants de la brutalité et de la férocité, ne sont sortis de l'abîme de la déchéance, que semblables au lion de Milton dans le premier débrouillement du chaos, *moitié lion, moitié fange*, et pouvant à peine se dégager de la boue qui l'enveloppe, lorsque déjà il rugit et s'élance?

Est-il vrai que ce furent les mauvais laïques Francs, Gépides, Hérules, Goths, Visigoths, Ostrogoths, Vandales, Alains, Bourguignons, Saxons, Danois, Normands et Albigeois, qui mirent tout à feu et à sang, et que ce sont les prêtres et les moines catholiques qui apprirent à tous ces gens-là à manger, à lire, à écrire, à défricher les forêts et à bâtir? En sorte que l'Europe est la noble vaincue des prêtres et des moines ?

Est-il vrai que les monastères furent un abri pour les idées, la vertu, les livres et même la vie des personnes, dans ces siècles de guerres atroces et éternelles, et que l'opprimé, le pauvre, le faible et le malheureux y trouvaient un asile sous l'égide de la croix et de l'influence du *parti-clérical?*

Est-il vrai que ce furent les prêtres et les moines catholiques qui écrivirent sur des parchemins et conservèrent au monde entier les écrits d'Homère, de Démosthène, de Corinne, de Pindare, d'Eschyle, d'Hésiode, d'Aristophane, de Socrate, d'Aristote, de Platon, de Lucien, de Sophocle, d'Esope, de Thucydide, de Xénophon, d'Isocrate, de Lysias, d'Anaxagore, d'Epictète, de Théocrite, de Diodore de Sicile, d'Euripide, de Plutarque, de Justin, d'Arrien, de Denys d'Halicarnasse, de Joseph chez les Grecs; et les écrits de Virgile, de Cicéron, d'Horace, de Polybe, de César, d'Ovide, de Pompée, de Varron, de Salluste, de Juvénal, de Perse, de Cornélius-Népos, de Justin, de Pline, de Quinte-Curce, de Tite-Live, de Phèdre, de Tacite, de Valérius, de Florus, de Sénèque, de Suétone, de Quintilien, de Strabon, etc., chez les Romains ?

Est-il vrai que les évêques ont fait la France comme les abeilles font une ruche, d'après Gibbon, profond philosophe anglais ?

Ignorez-vous que la croyance des prêtres catholiques à un seul Dieu, créateur du ciel et de la terre, rédempteur du monde, auteur du Décalogue et de l'Évangile immuables, vengeur du crime et rénumérateur de la vertu; que cette croyance, dis-je, chassa le polythéisme, le fétichisme, la barbarie, l'ignominie, les affreux systèmes cosmogoniques, l'ignorance, l'esclavage et le crime ; et que c'est cette croyance catholique et sacerdotale qui nous empêche de devenir tous les jours des païens et des monstres comme en 93, et des *socialistes* comme en 1,85... !!!

Illustre poète,

Reniez ces faits, démentez-les ; et que la France l'entende de votre bouche du haut de la tribune française.

Or, sur Dieu, sur le Christ, sur le Décalogue, sur le symbole des apôtres, sur les sept Sacrements, sur les dimanches, sur la semaine naturelle de sept jours, sur Rome catholique, sur la Sainte Vierge, sur tous les saints de l'Église, sur l'histoire, sur la France, sur mes parents, sur mes amis, les ouvriers et les pauvres, sur la croix et sur mon éternité....

Je vous défie, je vous défie mille fois, et encore mille fois, de nier ces faits et ces dates, et de les démentir à la tribune ?

Ne soyez donc plus irrité contre le conseil de Rome, composé de quelques prêtres ; s'ils ont mis dans la longue suite des âges des ouvrages à l'index, c'est-à-dire sous la garde de la vigilance et de la défiance naturelle ; ce n'est pas le génie que Rome a mis à l'index, mais bien les écarts et les erreurs du génie, qui blesse quelquefois la sainte morale et la sublime et immuable doctrine du christianisme universel.

Et sans faire ici allusion au pieux et savant Galilée, qui fut mis dans une prison, (agréable pourtant), parce qu'il porta l'intolérance et la témérité, jusqu'à exiger que l'Église décrétât que son système planétaire était révélé dans la sainte-écriture, il a existé bien des esprits mauvais, qui sont des fléaux ; et vous devez savoir par expérience que le génie n'est pas infaillible, et que le vol léger et hautain des grands esprits ne les met pas à l'abri de salir leurs ailes à la boue de la terre qu'ils effleurent quelquefois. Les montagnes et les hauts arbres sont plutôt frappés de la foudre que les humbles vallées et le modeste arbuste, et les épis de blé, qui lèvent la tête annoncent la disette et la légèreté ; tandis que les épis, chargés de grains, qui baissent la tête, annoncent le poids et l'abondance.

O illustre poète,

Quelque grand que soit votre mérite comme écrivain, vous seriez un bien autre penseur, si vous suiviez cet avis de Bacon (nov. org. lib. I) : « Il ne faut pas attacher des plumes à l'entendement humain, mais plutôt du plomb, des poids pour réprimer son vol et ses sauts. On ne l'a pas fait encore ; quand on le fera, on aura lieu d'espérer de l'avancement dans les sciences. »

Pardonnez donc à Rome cette vigilance maternelle que Dieu lui commande pour garder le dépôt de la vérité, *depositum custodi ;* car l'Église catholique n'a pas l'avantage d'avoir une morale aussi élastique et aussi commode que la vôtre, ni une doctrine aussi mobile et aussi changeante que les vôtres; et c'est pour cela qu'elle est toujours sévère et toujours immuable comme Dieu et son Christ.

Au reste, votre discours du 16 janvier 1850, ainsi que d'autres discours, prouvent que vous êtes fort intolérant envers l'ignorance et l'erreur des prêtres catholiques ; soyez de votre côté assez juste pour souffrir que l'Église catholique ne tolère l'ignorance et l'erreur nulle part, pas même dans les écrits des poètes éclectiques et socialistes.

Rome, pour conserver intactes la morale et la doctrine du Christ, *l'homme-Dieu,* ne peut pas moins faire que la police de Paris qui confisque, condamne, déchire et supprime les journaux incendiaires, anti-sociaux et anti-moraux, et qui gratifie même les Journalistes de lourdes amendes et de nombreuses années de prison.

Aussi je vous conjure de réfléchir sept fois avant de lancer une si cruelle accusation contre le clergé catholique, dont un de ses membres, tout faible qu'il soit, va démentir votre assertion par des noms de savants, qui sont des *hommes siècles.*

VII.

Des Prêtres savants qui ont existé dans tous les siècles.

Si ces savants du premier ordre, que je vais évoquer de la tombe, recouvraient la parole, je vous engagerais, Monsieur, à accepter avec eux une sabbatine en pleine Sorbonne, en face de Dieu et de l'univers, sur toutes les questions de science, de philosophie, d'arts et d'histoire que renferment leurs ouvrages immortels, et vous verriez que plus d'une fois vous resteriez *à quia ;* et vous verriez qu'il y a une notable différence entre la *raison* et *votre raison,* entre la *raison générale* ou le *sens commun* et la raison *purement* individuelle, entre *nier* et *prouver*, d'après cet axiome profond de philosophie, que vous et vos amis devriez souvent méditer pour l'édification publique !

Non satis probaret philosophus quod negaret asinus.

Ce qui veut dire pour le peuple travailleur et non pour vous qui savez le latin (*certo jure*), grâce au fameux parti-prêtre, qui vous a conservé cette langue : « Un philosophe ne prouvera jamais autant qu'un âne peut nier ! »

Et vous avancerez que le clergé catholique est ennemi des lumières et de la science ?

Mais vous faites injure à vos connaissances, et c'est donner le pas à l'esprit sur le bon sens et préférer le luxe au nécessaire....

Est-ce que le clergé catholique n'offre pas à votre imitation, à votre admiration et à votre reconnaissance tous les hommes de génie, de science, d'art et de philosophie que je vais nommer, et qui sont des géants auprès de l'atôme de votre grandeur ? Tous ces géants étaient des prêtres catholiques, des moines ou des bons laïques catholiques.

Ainsi, tels sont (je passe les Apôtres et les Évangélistes, car ils sont trop grands), tels sont Denis l'Aréopagite, Saint-Clément de Rome, Ignace, Polycarpe, Justin, Irénée, Tertullien, Clément d'Alexandrie, Quadratus, Origène, Arnobe, Minutius-Félix, Jules Africain, Grégoire de Néocésarée, Cyprien, Denis d'Alexandrie, Méthodius, Athanase-le-Grand, Eusèbe, Hilaire, Macaire, Basile-le-Grand, Chrysostôme (bouche d'or), Ruffin, Lactance, Épiphane, Jérôme, Cassien, Grégoire de Nazianze, Ephrem, Léon pape, Augustin, Sulpice Sévère, Cyrille, Théodoret, Avitus de Vienne, Martin de Tours, Salvien, Cassien, Paulin, Grégoire de Tours, Prosper d'Aquitaine, Orose, Procope de Césarée, Denis-le-Petit, Grégoire-le-Grand, le poète Fortunat, Théophylacte, Isidore de Séville, Marcufle, moine français, Césaire, Bède, Alcuin, Thomas Becket, Bernard, Guillaume de Champeaux, Alexandre Halès, Pierre Lombard, Bonaventure, Fulbert, Silvestre II, Anselme, Gerson, Thomas à Kempis, Thomas d'Aquin, Dominique, Savonarolle, Scaliger, Pic de la Mirandole, Thomas Morus, Ignace de Loyola, François Xavier, Thomas de Villeneuve, François d'Assis, François de Sales,

Charles-Borromée, Vincent de Paule, Bérulle, Bossuet, d'Ollier, Surin, Fénélon, de Rancé, de la Salle, Lachétardie, Fléchier, Huet, Mallebranche, Mascaron, Massillon, Nicole, Bourdaloue, Bridaine, l'abbé Emery, l'abbé Sicard, l'abbé de l'Epée, Bergier et autres à l'infini....

VIII.

C'est aux Prêtres catholiques que l'on doit directement ou indirectement tous les savants et tous les génies qui ont paru depuis dix-huit siècles.

Qu'il est grand le passé du clergé catholique, lorsque la puissance de répandre la vérité et la science lui était donnée de par Dieu et de par les sociétés ;

Ce passé, qui a enfanté des poètes, tels que Bembo, Vida, Sadolet, Domnizo, Camoëns, Le Tasse, Lopez de Véga, de Caldéron, Dante, Pope, Michel Cervantes, Malherbe, Corneille, Grégoire de Nazianze, Commire, Rapin, Desbillon, Noceti, Delille, de Larue, Santeuil, Granelli, Pétrarque, Alfieri, Métastase, Maffey, Willaud, l'Arioste, Racine, Racine fils, l'abbé Bondi, Boileau, Lafontaine, Voiture, Gresset, Gilbert, Klopstock, Florian, Millevoye.

Qu'il est grand le passé du clergé catholique, qui a enfanté des artistes, des peintres, des sculpteurs et des architectes, tous bons citoyens et fidèles croyants !

Pour l'architecture : —Giotto (le peintre), a fait le *campanille* de la cathédrale de Florence ; —Brunelleschi (mort en 1444), la *coupole de Sainte Marie-des Fleurs* et le *palais Pitti*, à Florence ;—Michelozza Florentin, le *palais Médicis*, aujourd'hui *Ricardi*, à Florence ;—Alberti Florentin, l'*Église de Saint-François ;* —Cronaca, le *palais Strozzi*, à Florence ; — Bramante (mort en 1514), le *San Pietro in Montorio*, à Rome ; —le *palais de la Chancellerie*, même ville ; —Raphaël (l'illustre peintre), le *palais Pandolfini*, à Florence ; — Perruzzi, le *palais Massini*, à Rome ; — San Gallo, élève de Bramante, le *palais Farnèse*, à Rome ; —Jules Romain (le grand peintre), le *palais du T*, à Mantoue ; —San Micheli, le *palais Pompéi* et *Porte des fortifications*, à Vérone ; — Michel-Ange Buonarotti (mort en 1564), la *coupole de Saint-Pierre de Rome*, où ce génie universel et incomparable arriva d'inspiration pour couronner dignement la capitale du monde chrétien, à la plus savante forme et à la plus durable comme à la plus belle ; — Sansorino, la *Bibliothèque de Saint-Marc*, à Venise ; —Alezzi, la *Banque*, le *palais Sauli*, à Gênes ; —Vignolo (mort en 1573), élève de Michel-Ange et longtemps regardé comme le législateur suprême de l'architecture ; il succéda à son maître comme architecte de *Saint-Pierre de Rome*, et bâtit le *château de Caprarola*, près de Rome ;—Pierre Ligorio, le *Casino del Papa*, dans les jardins du Vatican ; — Ammanati, la *cour du palais Pitti* et le *Pont de la Trinité*, à Florence ; —Palladio, la *basilique de Vicence ;* — Fontana (Dominique), le plus célèbre enfant d'une famille d'architectes, le *palais de Saint-Jean de Latrou*, à Rome ; — Scamozzi, Mauerne, etc.

Illustre poète,

Tels sont les grands architectes d'Italie, où le pape, prêtre catholique, a tant d'influence ; les monuments sont encore debout ; et les noms sont populaires ; veuillez donc vous découvrir devant eux, et vous écrier : Que nos pères, bons catholiques, étaient grands, et que *nous*, mauvais catholiques, nous sommes petits !

Pour la sculpture : après le grand Michel-Ange, seul au premier rang (*Moïse*, le *Penseroso*, etc.) ; ses élèves : Jean de Bologne, natif de Douai ; Paul Ponce Trebatti, etc.

Pour la peinture :

Ecole florentine. Après Taddeo Gaddi, élève du Giotto, et Masaccio, mort en 1443 ; — Fra Angelico, 1455 ; Autonello da Messina, 1496 ; — Ghirlandaïo, 1495 ; — Signorelli, 1521 ; — Léonard de Vinci, 1519 ; — Michel-Ange, 1563 ; — Daniele di Volterra, mort en 1566 ;— Fra-Bartolomeo, 1517 ; — Andrea del Sarto, 1530 ; — Pontormo, 1556 ; — Pietro da Cortone, 1669 ; — Romanelli, 1662.

Ecole romaine. Aprés le Pérugin, mort en 1524 ; —son élève, Raphaël d'Urbin, le plus grand peintre de toutes les écoles, 1483-1520, laissa pour élèves : Jules Romain, 1492-1546 ; — Primatice, 1490-1570 ; — Il Frattore (J. F. Penni), 1528 ; —Perino del Vaga, mort en 1547 ; — Jean d'Udine, 1489 ; — Le Caravagge, 1543 ; — Barroccio, 1612 ; —Sacchi, 1661 ; —Maratta, mort en 1713.

Ecole vénitienne, inférieure en ce qu'elle s'attacha plus au coloris qu'au dessein et à l'expression : les frères Bellin (Gentil et Jean), vers 1450; — Titien, 1477-1576, le plus grand et le plus fécond des maîtres vénitiens; — Giorgione, mort en 1511 ; — Sébastien del Diombo, mort en 1547 ; — Bordone (Pâris), 1570 ; — Bassan père et fils, de 1510-1591 ; — Tintoret, 1512-1594 ; — Paul Véronèse, 1530-1588, le plus grand de cette école après Titien et Giorgione ;—Palme (Le Jeune), 1628 ;—Palme (le Vieux), mort en 1596.

Ecole lombarde. Après Montegna, Andrea de Padoue, son élève ;—Le Corrège, 1494-1534, préféré par quelques-uns, pour le rare ensemble de ses qualités, à Raphaël même ;— Le Parmesan, 1504-1540 ; les Carrache (Louis, Augustin et Annibal, le plus célèbre des trois), de 1556 à 1618 ; — Schidone, 1560-1616 ; — Michel-Ange de Caravagge, 1569-1609 ; — Guido-Reni (Le Guide), 1577-1642 ; — Albani, 1660 ; — Lanfranco, 1647 ; — Domini-quin, l'un des plus grands peintres modernes ;— Le Guer-chin, 1597-1667 ; — Mola (Pierre), 1666 ; — Cignani, 1628-1719 ; — et Pace Ottaviano, Guglielmo, Lorenzo, Vitale, Jacopo Avanzi, Francia, Le Calvaert et Le Fontana.

La France, la fille aînée de l'Eglise catholique, sut imiter l'Italie pour ses cathédrales et la surpasser dans le paysage.

Dans l'architecture et la peinture, nous avons dans le passé catholique, outre les architectes des cathédrales et les peintres de nos vitreaux : Mansart et Perrault, qui bâtissent Versailles et le Louvre ; — Lebrun et Mignaud, Girardon et Puget, qui ornent ces palais de leurs chefs-d'œuvre.

Les deux plus grands paysagistes du monde ne sont-ils pas Le Poussin et Claude Lorrain ? Voici les autres prin-cipaux peintres de l'école française, jusqu'à David : Jean Cousin ; — Fréminet ; — Simon Vouet, chef d'une école, d'où sortirent Lesueur, Lebrun, Mignard, etc. ; — Duchet, dit *le Guaspre;* — Jacques Stella ; — Blanchard; — Bour-don; — Valentin; — Ph. de Champaigne; — Laurent de la Hire; — Ch. Lebrun; Noël Coypel; — Jean Forest; — Ch. de la Fosse; — Jouvenet; — J. Parrocel; — les frères Boullongne; — Santerre; — de Largillière; — Antoine — Coypel; — François Desportes; — Rigaud; — J.-F. de Troy; — Raoux; — Lemoine, etc.

En Allemagne, avant la funeste réforme, ce sont Guil-laume Meister; Martin Shoën, dit *le beau Martin;* Albert

Durer, dit *le Raphaël de l'Allemagne,* qui fondèrent l'*école allemande.*

Voici les fondateurs de l'*école flamande* : les deux frères Van-Eyck, 1370 à 1450 ; — et le fondateur de l'*école hollandaise,* c'est Lucas de Leyde, qui vécut de 1494 à 1533.

Voici encore des noms du passé catholique qui me viennent pêle-mêle à la mémoire : ce sont Jacques de la Porte, Solimane, Luc Jordan, Le Parmersan, l'Albane, Bernin, Salvator Rosa, Coustou, Porbus, Coisevox, Dujardin, Soufflot, Le Muet, Gérardon, Sarrasin, Téniers, Vanvitelli, l'Espagnolet, Pergolezze, Paësiello, Piccini, Sacchini, Bandinelli, Ghiberti, Cellini, Donatelli, Charles Vanlo, de Brosses, Ghérards d'Anvers, Lenôtre, Vichem, Legros, Restout, Revel, Quentin, Tasset, Pouchardon, Beretin, Mabuse, Morillos, Vernet, Buen-Retiro, les Adam, Boule, Crager, Holbein, Ferrandoni, Drouin, Chappe, Canova, Beethoven...

O artistes futurs du *nouveau monde socialiste,* voilà vos immortels modèles des siècles de l'*ancien monde catholique!*

Qu'il est grand le passé du clergé catholique, qui a produit Vincent de Lérins au ve siècle, l'auteur du *Commonitorium,* qui est un livre que le père Labbe qualifie de livre d'or, et que le profond Bellarmin appelle *mole parvum, sed virtute maximum.......*

Cet homme s'appelle Vincent de Lérins, qui a formulé le seul vrai *critérium* de philosophie et de religion, cette grande règle du bon sens, qui devrait guider Paris, la France, les autres nations et même quelques prêtres gallicans, et qui, étant suivie, empêcherait toute erreur et toute bêtise d'être monétisée et d'avoir cours sur cette terre.

Voici ce chef-d'œuvre de bon sens et de sagesse :

« *Quod ubique, quod semper, quod ab omnibus traditum est, hoc tenendum est..* »

Ce qui veut dire *certo jure* ou *jure certo* pour M. Victor Hugo et M. Jules Favre, pour les individualistes et les socialistes protestants et philosophants :

« Il n'y a de vrai que ce qui a été admis *partout, toujours et par tous.* »

Le passé du clergé catholique n'a-t-il pas produit des musiciens, comme Grégoire-le-Grand, créateur de l'harmonie, Gui d'Arezzo, Pergolèse, Rameau, Martini, Zarlino, l'*éternel grand maître* de ses successeurs, Lulli, Campra, Lambert, Allegri, Mozart, et l'illustre abbé Vogler, maître de Weber et Meyerbeer?

Qu'il est grand le passé du clergé catholique, qui a enfanté des créateurs et des promoteurs de la science, tels que Thomas d'Aquin, Alain de Lisle, Albert le grand, Sylvestre II, ce grand physicien et ce savant universel, Képler, Roger-Bacon, Grotius, Saumaix, Vincent de Beauvais, Copernic, Galilée, Maldonat, Baronius, Ussérius, Euler, Grégoire de Saint-Vincent, Tostat, Kircher, Linnée, Montaigne, Tournemine, Addisson, Pascal, Descartes, Boyle, Petau, Huet, Leibnitz, Bernouilli, Boscowich, Gassendi, de La Caille, Hauy!...

Le clergé, qui seul produit des théologiens, donne aussi les meilleurs et les seuls bons jurisconsultes : « Ce sont Tollet, Thomas, Suarez, Sirlet, Godet des Marets, Panorma, Cajetan, Spondra, Contarin, Canisius, Mably, Guy-Pape, Compège, Luca, Lugo, Bellarmin, Denisot, Gerdil, Bergier, Liguori, Muzzarelli, Para du Phanjas, Consalvi, Lambruschini.

Et les meilleurs moralistes sortent du rang du clergé; saint Basile, saint Bonaventure, Gerson, Carranza, Lejeune, Nicolle, Grenade, Bourdaloue, Nouet, Scupoli, François de Sales, Drexellius, Bossuet, Berthier, Dupont, Saint-Jure, Surin, Fénélon, Boudon, Judde, l'abbé de la Salle, Liguori, de Grou, Champion de Pontalier, le prince de Hohenlohe, l'abbé Carron, et le baron de Géramb.

Quels critiques et quels raisonneurs que les Huët, les Leland, les Abbadie, les Sherlok, les Statler, les Hooke, Jenyns, les Lyltleton, les Erskine, les West, les Bogues, les Houtteville, les Bergier, les Valsecchi et les Duvoisier?

Quels publicistes pourriez-vous aussi comparer, monsieur Victor Hugo, aux ecclésiastiques? Un seul chapitre de la *Somme* de saint Thomas d'Aquin renferme ce que nous avons lu de plus sage dans toutes nos *politiques* anciennes et modernes. — Qui n'a lu les *De justitiâ et de jure* de Dominique Solo, de Lessius, du cardinal Lugo, et de tant d'autres? Qui n'a lu, s'il veut être grand publiciste, le *droit divin et naturel* de Bozius; — le droit universel de Grégoire XIII; — Les *de Legibus* d'Antoine Augustin, de Suarès; — Les *Institutions roya'es* d'Osorio surnommé le *cicéron portugais*, celles de Mariana, de Ménochius, de Senault, etc.; — Les devoirs *des Princes de Bellarmin* ; — Les *politiques chrétiennes* ou*sacrées* de Tostat, Scribani, Bossuet ; —et le *Testament politique* de Richelieu ?

Et le code napoléonien n'est-il pas un résumé de toutes les lois romaines et des lois canoniques et ecclésiastiques du passé ?

C'est dans le clergé que se trouvent les érudits par excellence, d'après un laïque, M. Madrolle, « tels : saint Clément d'Alexandrie, que saint Jérôme appelle *Patrum eruditissimus* ; — Eusèbe, que les siècles ont surnommé *le savant* ; — Photius, dont la *bibliothèque* est un inépuisable trésor sacré et profane; Tostat, appelé *une merveille du monde*, par notre Bellarmin, qui en était une autre—Holsténius, bibliothécaire du Vatican, que le savant Peiresc, trouvait *de plus en plus* étonnant ; — Pétau, restaurateur de la *raison des temps* ou *chronologie* ;—Louis de Cressolles, que Fleury appelle le plus savant après Pétau ; — Sirmond, Labbe, Cossard, et même Hardouin ; — Mabillon, le plus grand maître de la *Diplomatique* du moyen-âge; — Moréri, arsenal des *Dictionnaires historiques* ; — Thomassin, le savant de l'Oratoire ; — Les frères Vallembourg ;—Huet, correspondant de toute la chrétienté, dans son humble retraite à Paris ; — Lelong, *Bibliothèque* vivante ;—Bannier, précurseur de Guérin du Rocher ; — l'abbé Louis d'Orléans, fils du régent, hébraïsant à Sainte-Geneviève ; — Pluche, historien de la *nature et du ciel* ;—Montargon, auteur du savant *Dictionnaire apostolique* ; — Bullet, apologiste éminent ;— le P. Berthier, l'adversaire permanent et victorieux de tous les *Encyclopédistes* ameutés contre lui seul ; —Calmet, l'arsenal de toute notre science biblique moderne; — Bergier, sans lequel les *encyclopédistes* eux-mêmes ne crurent pas pouvoir tenter la *théologie* de leur ouvrage; — Muratori, dont on disait que toute l'Italie était dans sa tête;—le cardinal Gerdil, l'*encyclopédiste* catholique de cette patrie de la science; — Guérin du Rocher, Bonneaud, etc., explicateurs si péremptoires des *temps fabuleux* ;—Le lazariste Brunet, dont le *parallèle des religions* est un véritable monument; —Guénée, vainqueur de Voltaire ;— l'abbé Grou, le premier et le seul vrai traducteur de Platon ; — Brottier, le commentateur de *Pline* le naturaliste;

—Barthélemy, qui a fait triompher la Grèce une dernière fois ; le P. Andrés, peintre si exact de l'*origine et des progrès de la littérature universelle* ; l'abbé Winkelmann, qui semble n'avoir rien laissé à dire sur la didactique et sur l'histoire de l'art et de tous les arts.

Illustre auteur de *Han d'Islande.*

Est-ce que ce n'est pas dans les prêtres, les moines, et les missionnaires qu'on voit les premiers et les plus savants orientalistes, hellénistes et latinistes ?

Est-ce que ce n'est pas parmi nous que sont nés les grands archéologues, interprètes des inscriptions et des hiéroglyphes égyptiens, mexicains, etc., disciples et émules de tous nos Montfaucon ?

Est-ce que l'histoire tout entière, ecclésiastique et même civile, n'est pas due aux ecclésiastiques presque exclusivement ? Le premier *historien* en date, en exactitude, et même en élocution, est le célèbre Eusèbe, surnommé le *varron chrétien* ; — et qui ne connaît les historiens qui ont continué l'histoire d'Eusèbe, tels que Théodoret, Grégoire de Tours, Sulpice Sévère, surnommé le *salluste chrétien* ; Bède, *historien des Anglais,* Paul, *le diacre* d'Aquilée, *historien des Lombards,* l'illustre moine Nestor, le père de l'*histoire du Nord,* Guillaume de Tyr, *historien des croisades,* Mathieu-Paris, bénédictin d'Angleterre, *historien général,* Antonin, Baronius, Pagy et Sirmond, Fleury, Tillemont, Jérémie Collier, le cardinal Orsi, Noël Alexandre, les frères Longueval, Brumoy, Berthier, et en dernier lieu l'abbé Bérault Bercastel et l'abbé Vidal, *historiens* de *l'Église* universelle ?

Est-ce que ce n'est pas à nous que le monde est redevable des histoires et des chronologies des Ducange, Louvet, Rapin, Juvénal des Ursins, Joinville, Jacques de Verruggio, Claude de Roto, Pierre de Notalibus, Bonin Membro, Louis Lipoman, Laurens Sirius, Gyry, Daniel, Comines, Colliette, Guichardin, Amyot, Hénault, Saint-Réal, Saumaise, de Thou, Villehardouin, Charlevoix, Dom-Vaissette, Bossuet, le cardinal de Retz, Froissard, Dom d'Achéry, Lingard, Berruyer, Rollin, Vertot, Mezerai, Bausset, Jules Africain, J. J. Scaliger, P. Labbe, Fréret, Feller, Lenglet du Fresnoy, Blair l'écossais, d'Antine et Durand, bénédictins, des bollandistes, des auteurs des martyrologes, des vies de saints, des ancien livres liturgiques, de la *Gallia Christiana*, des lettres édifiantes et des annales?

Les premiers grammairiens et les plus célèbres sont aussi ecclésiastiques. Le père Fischet, auteur de la première *Rhétorique* classique, et fondateur de la première imprimerie de Paris; — Alvarez, auteur de la première *grammaire latine*; — Riccioli, de la première *prosodie*; —Bath, du premier *Janua linguarum*; —le cardinal Palavicini, auteur du premier traité *du style*; — l'abbé Arnauld, *grammairien* fameux; — les Jésuites du *dictionnaire de Trévoux*; — les pères Jouvency, Joubert, Lejay, Buffier, La Rue, Porée; — l'abbé Girard, dont Voltaire avait sans cesse sur la table les *synonymes*; — d'Olivet, Condillac, Batteux, Radonvilliers, Lhomond, Gauthier, Sicard, Maury, Levizac; et même les *abbés laïques* Ménage, Rollin, restaurateur de *l'Université*, de Wailly et Delanneau...

Qu'il est grand le passé du clergé catholique, qui a produit des littérateurs, tels que: Duperron, La Luzerne, Oudin, Wallembourg, Bessarion, Lascaris, Léonard de Vinci, d'Ally, Sirlet, l'abbé Dubos, Batteux, Buffon, Labruyère, Vauvenargues, Desbillons, Cusa, Barthélemy, La Rochefoucauld, La Harpe; et des diplomates comme Carvajol, Dejoyeuse, de Noailles, d'Estrées, d'Ossat, le cardinal d'Amiens, les cardinaux de Montaigu, le cardinal d'Amboise, le chancelier Duprat, Richelieu, Mazarin, Fleury, appelé le *sage* par Voltaire, Bernis, Consalvi, dont Bonaparte dit à Bassano: *c'est là un homme comme j'en cherche*; père Gil, Louis de Kressole.

Est-ce que ce n'est pas au clergé catholique que nous devons des linguistes, comme Jérôme, Joseph Scaliger, Jean Mursius, de Sacy, Henri Étienne, Isaac Cassauban, Champollion, Nobilis, Abel Rémusat, Durocher, Houbigant, et l'immortel cardinal Mezzofante, qui savait parler toutes les langues du monde? Qu'ils sont aussi grands les ministres que le clergé a donnés aux États, tels que Suger, d'Amboise, Morton, Polus de Lorraine, Cuza, Mendoza, Rodrigue, d'Albornos, Julien, Ximenès, d'Espinosa, Richelieu, Mazarin et Fleury!....

Qu'il est grand le passé du clergé catholique, qui a enfanté les plus intrépides et les plus pieux navigateurs, le grand Christophe-Colomb, qui a mérité de découvrir tout un monde, et des marins comme Améric, Magellan, Gama, Jean-Bart, Château-Regnault, Tourville, Dugay-Trouin, Suffren, Duquesne, Ducouedix, et des prêtres qui ont découvert des peuplades immenses par la charité, qui va plus loin que l'orgueil!

Qu'il est grand le clergé catholique, qui a enfanté des magistrats et des avocats, tels que Johannin, de l'Hospital, d'Aguesseau, Patru, Molé, Denisot, Pelissier, Lamoignon, Séguier, Bourgelot, Touillier, Delvincourt, Pothier, Cochin, Agier, Lamoriguière, Hennequin ;

— Des savants, qui sont les soleils des intelligences, quoique prêtres et religieux, — Mabillon, Montfaucon, Photius, Moréri, Marténe, Ruinart, Bouquet, d'Achery, Vaissette, Bollandus, Lobbe, Lami, Mersenne, père Sirmond, Lobineau, Calmet, Baronius, Ceillier, Labat, Ortélius, Sannazar, Berquin curé, père Maimbourg, Hardoin de Périfixe, Clémencet, Papebrock ;

— Des physiciens comme l'abbé Maurolico, qui trouva les lois de la *lumière*, le marquis d'Ubaldo, qui fit un traité *de la perspective*, Grimaldi, jésuite, le père Lana, qui découvrit les lois de *l'électricité*, le père Beccaria, que Francklin traduisit en anglais, le père Jacquier, Volta, de Kleist, doyen du chapitre de Cumin, l'abbé Castelli, qui découvrit les lois des *eaux*, Mariotte, prieur d'abbaye, Renau d'Elica, Garay, trappiste, Gugliemi, ami de l'abbé Bignon, et puis encore, l'abbé Nollet, Lebat, Albert pape, Silvestre pape, Louis Lesage, L'abbet Bossut, Torricelli, Bertholet, Rohault, Galvani, Papin, l'abbé Haüy, Bonnet, Bertholon, Ampère, Gay-Lussac, Réaumur, Chappe.

Qu'il est grand le passé du clergé catholique, qui produisit des savants astronomes, parmi les prêtres, et parmi des laïques, bons et fidèles : — C'est le prêtre irlandais Virgile, évêque de Salsbourg, qui parla le premier des *Antipodes;* cependant saint Clément, pape de Rome, toucha cette question, dès le 1er siècle, dans l'*Épître aux Corinthiens*, ch. 20, et au ve, saint Hilaire de Poitiers en parle aussi (*in psalmos,* 11).

L'équinoxe a été découvert par le vénérable Bède : — « Le cycle le plus parfait des chrétiens, dit Libri, est dû à un saint égyptien. » Un autre cycle plus étonnant, d'après les *tables* de Delambre, le cycle de mille quarante ans, est tellement sacerdotal, que Chéseaux l'a nommé le *Cycle de Daniel.*

Les véritables inventeurs du système du monde sont successivement : Régiomontan (Jean Muller), archevêque de Ratisbonne, ami du cardinal Bessarion et de Sixte IV, qui l'appela, avec le père Clavius, à la réforme du Calendrier; mort à la fleur de l'âge, en 1476, et dont le savant Delambre a dit que la *perte était irréparable ;* — le cardinal Cusa, ce prodige de science, légat au Concile de Trente ; — Copernic, chanoine de Varmie en Pologne ;— Keppler, son continuateur, a publié jusqu'à six écrits sur *Jésus-Christ,* et un poëme latin sur la *présence de Jésus-Christ* partout.

Qu'ils sont beaux, après ceux-là, les noms et les traveaux astronomiques des Pères Riccioli, Mayer, Boscowich, Sacchéri, Hell, Piazzi, inventeur de la planète de Cérès ; — les abbés Picard, Boulliau, Manfredi, de la Caille; enfin, l'abbé Chappe, qui, le premier, au prix perpétuel de sa vie, alla jusqu'en Californie, afin de voir Vénus passer sur le soleil, et dont le *Voyage en Sibérie* a été si utile à la science. Le savant Maupertuis, voyageur et géomètre, qui alla aux deux extrémités du globe pour en avoir la mesure, était si bon catholique, qu'il voulût être enterré chez des religieux.

Voici encore les noms de savants astronomes, qui ont vécu dans le passé catholique : — Galilée, Sheiner, Ramus, Tycho-Brahé, Galvani, Hooke, Halley, Rhéticus, Fermat, Flamsteed, Huyghens, Mayer, Lemonnier, Mariotte, Scheutzer, Heedham, Lalande, Laplace, Delambre.

La géographie et la cosmographie, proprement dites, n'ont pour maîtres que des ecclésiastiques : Fra-Mauro, Camaldule, au xive siècle; — Nicolas Donis, bénédictin allemand; Jean Eldar, prêtre écossais ; André Thével, cordelier ; Pierre Bertius, flamand, ministre protestant, qui abjura entre les mains du cardinal de Retz ;— et depuis, Vialard, évêque d'Avranches, dont la *Géographie sacrée* est classique; Coronelli, général de Minimes à Vénise;—le Père Feuillée, voyageur et astronome, auquel Louis XIV fit bâtir un Observatoire à Marseille ; — l'abbé de la Grive, géographe de la ville de Paris, collaborateur de Cassini ; — l'abbé Pluche, si connu à d'autres titres ; — l'abbé d'Expilly, zélé voyageur et géographe ; — le Père Magnan ; — et enfin, cet admirable et vertueux abbé Soulavie, qui décrivit les lieux saints à la faveur de l'armée française en Égypte, et dont le *Testament* en faveur du séminaire de Meaux est immortel comme sa *Carte de France*, dont l'empereur de Russie lui offrit envain 200,000 francs, et qu'il aima mieux donner pour 100,000 au roi de France.

Est-ce que ce n'est pas un simple et modeste capucin, connu des savants seulement, par conséquent de vous, et non de la foule, est-ce que ce n'est pas le Père André, de Gy en Franche-Comté, qui fut l'auteur d'une *Théorie de la terre,* que le protestant Cuvier a fait admirer à l'Institut, en 1806, et qui a donné l'élan et la beauté à toute la science géologique moderne, aux études, aux recherches et aux découvertes mêmes des de Luc, des Buckland, des Becquérel, des La Beche, des Élie de Beaumont, des Chaubard, etc... ?

Cette science de la géologie, qui prouve éloquemment et matériellement le *Déluge universel,* cette preuve inattaquable de la justice de Dieu, de la divinité du Décalogue et de la religion catholique, cette science a été niée par Voltaire, qui par là a prouvé au monde que hors du catholicisme la science s'en va et disparaît avec le temps.

Est-ce que ce n'est pas aux prêtres et aux moines catholiques que les naturalistes sont redevables, Monsieur Victor Hugo, des immenses découvertes dont ils jouissent aujourd'hui, sans faire attention à l'esprit qui les en a dotées ? Ce sont : le père Barrelier, dominicain, dont l'*Hortus Mundi* a mérité d'être traduit par le plus grand des Linné, qui n'a pas publié d'autre ouvrage; — le père Plumier, minime de Marseille ; — l'ecclésiastique suédois Olaus Celsius, maître de Linné, qui l'appelle le *fondateur de l'Histoire naturelle ;* — le père Béraud, qu'on allait voir aux Jésuites de Lyon, comme le père André à ceux de Caen; — Nollet, Paulian, Bonnaterre, Jadelot, Ségorgne, Ray, etc., à Paris; — le P. de la Force, à Rome ; — les Fontana, de Pini, etc., à Milan; — Vassali, à Turin; — l'abbé Cavanilles, le *Linné d'Espagne ;* — l'abbé Rozier, restaurateur de l'*Agriculture* en France; — et cet humble Dom Gentil, prieur de l'abbaye de Fontenay, près d'Anvers, dont les écrits et la pratique étaient étudiés, et la personne visitée par son voisin, l'orgueilleux Buffon. Le passé catholique a produit aussi Tournefort, de Jussieu, Linnée, Lacépède, Cuvier, Deluc.

Et cet illustre Haüy, le plus profond, le plus ingénieux et le plus modeste des naturalistes modernes, le restaurateur de la *physique* et de la *minéralogie*, le créateur de la *cristallographie*, ce prêtre savant, chanoine de l'Eglise métropolitaine de Paris, qui fait les honneurs principaux du fameux *Rapport* de Delambre à Bonaparte, *sur le progrès des sciences mathématiques*, depuis 1789 : « Si nous ne sommes pas entrés dans de plus grands détails, dit Delambre, c'est que nous n'avions à rappeler que des faits bien connus, dont l'histoire et la théorie sont exposées d'une manière lumineuse dans le *nouveu Traité de Physique* de M. Haüy, ouvrage qui peut se compter aussi parmi les acquisitions intéressantes que la France vient de faire, puisqu'il est le tableau le plus complet de sa situation actuelle, et qu'il a tenu tout ce que promettait le nom de son auteur. On sait que M. Haüy, *le premier*, a su introduire la géométrie dans une partie de l'histoire naturelle, qu'il a pour ainsi dire créée, en trouvant les lois mathématiques, qui en marquent d'une manière si heureuse et si précise les divisions et subdivisions, les genres et les espèces. »

C'est de cet illustre Haüy, qui fut toute sa vie un modèle de vie sacerdotale, que Cuvier a dit : « La plus sublime spéculation ne l'aurait détourné d'aucune pratique prescrite par le *Rituel*. »

Ignorez-vous aussi que les sciences *exactes* elles-mêmes et les mathématiques doivent leurs plus belles découvertes, et jusqu'à leurs prodiges, aux prêtres catholiques?

La première *Arithmétique* occidentale appartient, selon l'astronome Bailly, et de nos jours selon M. Chasles, au moine Gerbert, depuis pape ; — la théorie des *quarrés magiques*, où Frenicle de Bessy trouva le secret de la science des *parties* aliquotes, et peut-être son *Arithmétique sans algèbre*, a été trouvée par Moscopule, moine grec du xve siècle; l'*algèbre*, qui a mis l'infini comme le fini à la disposition du calcul, a été inventée par Luca de Borgo, moine mendiant, auteur d'une *Proportion divine;* — les *indivisibles*, ou *infiniments petits*, ont été inventés par le père Cavalieri, jésuite; — les plus grandes approximations de la *quadrature* ou mesure du *cercle*, et presque tout le système de Newton, sont dus à Grégoire de Saint-Vincent, et même, selon Montucla, aux pères La Faille, Guldin, etc. ; — le *calendrier grégorien*, sans lequel l'hitoire même ne serait pas possible, est dû au père Clavius, jésuite aussi. — De nos jours, le *système métrique*, fondé sur la mesure de la terre, a eu pour inventeurs *dans cet ordre* (selon les *notions élémentaires sur les nouvelles mesures*, publiées par ordre et *de l'imprimerie de la République*, an IV); *Lavoisier, l'abbé Haüy, Monge, Borda;* et, en remontant à quatre siècles, c'est Regiomontan, archevêque de Ratisbonne, qui en est l'inventeur.

Les mathématiques transcendantes en général, et toutes les parties de la nature, ont été supérieurement cultivées, à toutes les époques, par le cardinal de Cusa, inventeur de la *Cycloïde*, avant Mersenne et Galilée (selon Wallis); — l'évêque d'Aire, le prince de Foix, proclamé par de Thou, *le premier mathématicien* du xvie siècle; — les étonnants pères jésuites : Fischet (trop peu connu), Gaspard, Scott, Riccioli, de Chales, de Lana, Fabri, Pardies, Casati, Krésa, Castel, André, Boscowich, Rossignol, Mako (surnommé le *Leibnitz hongrois*), Zallinger, tous sortes de Kircher; — les pères oratoriens, Minimes, etc.; — et Marsenne, Magnan, Caramuel, Malebranche, Tosca, Reyneau, Lesueur et Jacquier (enviés par Rome à la France), Ricati, Frisi, les Fontana, Léonard Ximénès; les abbés Bouillaud, Gassendi, Varignon, Manfredi, Deydier, Foucher, de Gua, de La Chapelle, etc., et de nos jours mêmes : les abbés Marie, précepteur des princes avec Guénée; — Fontaine, *le Pascal de Savoie;* — et l'illustre abbé Bossut, dont Delambre faisait un si bel éloge à Bonaparte. Dans le passé, ce sont encore Vaucanson, Picard, Viviani, Jacques Grevin, Jean Vander-Doès, Toussain, Lacondamine.

Les ecclésiastiques triomphent surtout dans la *didactique* ou la *théorie* des beaux-arts, dont ils laissent ordinairement la pratique aux laïques fidèles : témoin le moine du xie siècle, Théophile, dont le *de omni scientiâ picturæ artis* est, selon le comte de Lasteyrie, le premier *traité des arts* connu ; l'étonnant Alberti, chanoine de Florence; — Caramuel, plus étonnant encore; — le célèbre abbé Winkelmann; et ses continuateurs originaux : Lanzi, directeur de la galerie de Florence; —Zannoni, etc., dont les *Histoires de la Peinture* (six in-folio) sont de vrais monuments.

Le passé catholique qui peut revendiquer directement ou indirectement toutes les gloires, toutes les illustrations, toutes les capacités, tous les talents, tous les génies du monde civilisé, a même produit des médecins, comme l'abbé Borelli, l'abbé Spallazani, Hervey, Désault, Péquet, de la Peyronie, Littre, Fagon, Mery, Ruysch, Tissot, Haller, Lieutaud, Duhamel, le frère Cosme, l'abbé Bourdelot, Swammerdam, Némésius, évêque, qui découvrit la circulation du sang, dès le IVe siècle, d'après Portal lui-même, Canani, le jésuite Fabri, le père Élisée, l'abbé Chirac, Le Cat, si grand physiologiste, l'abbé Desmonceaux, et enfin, le frère Jacques, grand opérateur, dont on publia encore l'*Histoire* en 1757.

Et, si nous élevons notre pensée jusqu'à la hauteur des conciles généraux, qui sont les états généraux des prêtres catholiques, que de lumières et que de vérités n'avons-nous pas données à l'univers sur les grandes questions qui tourmentent et préoccupent la nature humaine, sur Dieu, sur la création, sur l'homme, sur la liberté, sur le péché originel, sur le Messie, sur l'incarnation, sur la grâce, sur les sacrements, sur l'autorité, sur le temps et sur l'éternité !

IX.

C'est au Clergé catholique qu'on doit toutes les grandes inventions, découvertes et fondations qui font que l'Europe et M. Victor Hugo sont quelque chose.

Illustre penseur,

Le clergé catholique, qui créa les bons catholiques laïques, a été l'auteur, l'instigateur, le retrouveur et le propagateur de tant et de si belles choses qu'il vous faudrait trop de *mémoire* pour vous les rappeler toutes et par ordre de dates historiques. Souffrez donc que je fasse ici, par un ordre plus ou moins chronologique, l'énumération des merveilleuses et riches inventions, découvertes et fondations qui nous sont dues et dont l'univers jouit sans faire attention à la main et au génie qui l'en ont doté :

Le cycle de Daniel, catholique avant le temps ; le premier traité d'Algèbre.—Les cloches.—Les orgues.—Le feu grégois.—La gamme musicale.—La livre tournoise.—Le blason.—Les manuscrits enluminés.—La boussole.—La poudre; les chandelles à suif.—Les globes célestes.— Les chiffres.— Le plain-chant.—Les vitraux coloriés. — L'ogive hardie de nos cathédrales —L'usage des bombes. — Les feux d'artifice. —Les fourchettes. — Les cuillères.— Les cartes à jouer.—La peinture à l'huile. —Le canon.— Les miroirs.—Les souliers.—Les parapluies.—Les porcelaines. — Les lazarets. — L'imprimerie. — La première manufacture de soie.—La première opération de la pierre. — L'usage de l'Algèbre. — L'arquebuse. — Le carrosse (si utile à beaucoup de monde et même aux Cincinnatus du gouvernement provisoire. — Les chapeaux de feutre. — Les livres imprimés. — Les lunettes à lire (si nécessaires même aux hommes à longue vue). — L'opération de la cataracte. — La découverte du cap de Bonne-Espérance. — Le scalpel. — Le bistouri. — La découverte de l'île Sainte-Hélène, où un conquérant trop ambitieux a gagné le ciel. — Le premier voyage autour du monde. — Le Mexique.—Le Pérou. —La batterie de fusil.—Le collége royal. — L'imprimerie royale. — L'Hôtel-de-Ville à Paris. — Le balancier. — La fontaine des Innocens. — Le château des Tuileries. — Le commencement de l'année, fixé au 1er janvier 1564. —Pont-Neuf.—La réformation du calendrier. — Le premier tableau à l'huile, 1582. — Les bastions. — Les lunettes d'approche. — Le thermomètre. — Le pistolet. — Le zinc. — Le bismuth. — L'arsenic. —L'antimoine.—L'aimant.—Les cartes géographiques. —La calligraphie. — La faïence. — La gravure sur bois, au pinceau, au pastel, en lavis, en cuivre, sur acier, à l'eau forte, sur diamant.—La taille du diamant.—L'émétique. — Le phosphore. — La brasserie. — Le palais du Luxembourg. — Le télescope. — Le méridien. — Les glaces.— Les écluses. — Les épingles. — Le fer blanc. — Le gaz. — Les vitres de fenêtres.—La toile. — La signature dans les actes. — Les quais. — Les fractions décimales. — Le microscope. — La circulation du sang. — L'Académie française. — Le Jardin-des-Plantes. — Le baromètre. — Le pistolet à piston.—Les voitures publiques.—Les postes aux lettres. —La poterie. — Le timbre.—Les cartes géographiques. — Les métiers à tisser. — Les têtes d'airain parlantes.—La chambre obscure.—Les grilles.—Les lois de l'attraction.—La balance hydrostatique.— La machine pneumatique. — Le chronomètre. — Le graphomètre. — Les aiguilles. — Le chanvre. — Le canal du Languedoc. — Le compas de proportion et de calibre. — Les logarithmes. — Les lois de la réfraction. — La reliure. — Le calcul différentiel. — L'art d'opérer sans douleur. — Le miroir ardent. — Les montres. — Les pendules. — Les horloges. — Manufacture d'encre. — Manufacture de glaces. — Versailles. — Colonnade du Louvre. — Académie des sciences. — Observatoire. — Hôtel-des-Invalides. — Porte Saint-Denis. — Porte Saint-Martin. — Pont-Royal. — Place-Vendôme. — Le scaphandre. — Les lois des eaux. — Les lois de la lumière. — Les lois de l'électricité. — La machine de Marly. — Le sextant. — Les instruments de musique. — Les machines à vapeur, à piston et à cylindre. — Le chlore. — L'émail. — Le platine de plomp. — La baïonnette. — Le bas au métier. — La pomme de terre. — La gravure en noir. — Le bleu de Prusse. — Et enfin, les fiacres qui finissent le grand siècle de Louis XIV, et qui sont les justes précurseurs des philosophes du xviiie siècle.

Dans ce dernier siècle (catholique jusqu'à l'âge de 50 à 60 ans), on inventa la gravure en coûleur. — La stéréotypie. — La sténographie. — L'oxigène. — Le paratonnerre. — La machine à filer le coton. — La vaccine. — Les réverbères (devenus trop célèbres en 93). — L'hygromètre à cheveux. — Les aérostats. — Les télégraphes. — La pile électrique. — On bâtit le Palais-Bourbon. — L'École militaire. — La Halle au blé. — L'École vétérinaire. — Sainte-Géneviève, devenue l'église de l'infâme Voltaire et de Marat. — Le pont de Neuilly. — L'hôtel des Monnaies. — L'École de médecine.

Dans le xixe siècle, qui est un siècle de progrès, de perfectionnement et surtout de révolution, on inventa la lithographie, le daguerréotype et autres choses. Et surtout on inventa, sur une large échelle, l'application du socialisme et de la vapeur, dont on est richement doté aujourd'hui ; *vapor est ad modicum parens.*

Et il n'est même pas jusqu'a cette vapeur, dont on est si fier, qui n'ait été connue dans le passé ; puisque Bacon a dit, il y a six cents ans, que l'eau chauffée à tel degré, pouvait faire marcher des voitures avec une rapidité effrayante....

Quels hommes, ô illustre poète, et qu'elles inventions

dans les xviie siècles et demi qui, éminemment catholiques, furent inspirés et guidés par l'influence du fameux *parti-prêtre*, du fameux *parti-clérical!!!*

Ainsi, tout ce qu'il y a de grand en France et en Europe eût pour auteurs ou pour instigateurs les prêtres et les moines; et de nos jours, la plus ingénieuse invention, qui a tant d'influence sur le mouvement même des peuples, les télégraphes, c'est à l'abbé Chappe qu'on les doit.

X.

La France et l'Europe doivent au Prêtre catholique les ordres religieux.

Monsieur,

Les prêtres ou plutôt les évêques catholiques ont fait le royaume de France comme les abeilles font une ruche, a dit Gibbon; mais leurs auxiliaires ont été les ordres religieux. Il faudrait des volumes in-folio pour raconter à l'univers tout le bien physique, moral et intellectuel que les religieux ont fait en France et en Europe, pays qui furent autrefois un temple d'idoles et d'ignominie, de crimes et d'absurdités. Mais, je ne veux citer que les noms de ces grands ordres religieux qu'on a tant calomniés et qu'on remplace de temps à autres par la guerre civile, le pillage, la guillotine et les prisons. Qui n'abaisserait la hauteur de son génie devant la majesté de ces saintes sociétés, qui ne vivent et ne durent qu'avec de la raison, du silence, du dévoûment, du jeûne, de la foi et de la prière? tels que les bénédictins, les flagellants, les franciscains, les chartreux, les dominicains, les annuntiades, les carmes, les servites, les augustins, les minimes, les jésuates, les barnabites, les somasques, les camaldules, les théatins, les jésuites, les lazaristes, les maristes, les oratoriens, les rédemptoristes, les missions étrangères, les missions du Saint-Esprit, les eudistes, les missions de saint Joseph, les frères ignorantins, les chanoines réguliers, les frères de la charité, dont les travaux scientifiques surpasseront les travaux de milliers d'académies éclectiques et universitaires, et où un frère lai ou un simple portier savait mieux penser en histoire que M. Thiers et que M. Cousin en philosophie.

Dans ce monde où tout croule, où les trônes craquent

comme les planches d'un théâtre, dans ce monde où il n'y a de constant que l'inconstant, de stable et de durable que la faiblesse et l'infirmité humaine, dans ce monde, dis-je, qui n'est qu'un vaste champ de guerre et de destruction, ces saints ordres religieux ont duré et dureront encore plus longtemps que l'EMPIRE ROMAIN; car elle est bien gardée la maison que Dieu garde. Aussi, lorsque ces ordres religieux disparaissent de la scène, ils ne peuvent être remplacés que par les palais des riches seigneurs protestants, qui laissent mourir de faim huit millions d'Irlandais, ou par l'académie de la guillotine et le culte de la déesse Raison.

Autrefois, nous avions dans les religieux des jeûneurs, des penseurs, et des travailleurs. Aujourd'hui, nous n'avons plus, dans la plupart des mondains, que des écrivailleurs, des pansards, et des révolutionnaires qui ne veulent vivre que de la graisse de la terre, et passer pour des grands hommes, lorsqu'ils n'ont pour tout mérite que l'incrédulité, et l'esprit de sarcasmes et de futilités.

Écoutez ce qu'à dit Châteaubriand sur les moines dans les *Études historiques :* « Des entreprises littéraires qui doivent durer des siècles, demandent une société d'hommes consacrés à la solitude, dégagés des embarras matériels de l'existence, nourrissant au milieu d'eux les jeunes élèves héritiers de leur robe et de leur savoir. Ces doctes générations, enchaînées au pied des autels, abdiquaient à ces autels les passions du monde, renfermaient avec candeur toute leur vie dans leurs études : semblables à ces ouvriers ensevelis au fond des mines d'or, qui envoient à la terre des richesses dont ils ne jouiront pas. Gloire à ces Mabillon, à ces Montfaucon, à ces Martène, à ces Ruinart, à ces Bouquet, à ces Dachery, à ces Vaissette, à ces Lobineau, à ces Calmet, à ces Ceillier, à ces Labat, à ces Clémencet et à leurs révérends confrères, dont les œuvres encore sont l'intarissable fontaine où nous puisons tous tant que nous sommes, nous qui affectons de les dédaigner? « Il n'y a pas de frère lai, déterrant dans un obituaire le diplôme poudreux que lui indiquait dom Bouquet ou dom Mabillon, qui ne fût mille fois plus instruit que la plupart de ceux qui s'avisent aujourd'hui, comme moi, d'écrire sur l'histoire, de mesurer du haut de leur ignorance ces larges cervelles qui embrassaient tout.... Où en est la collection des historiens de France? Que sont devenus tant d'autres travaux gigantesques? Qui achèvera ces monuments autour desquels on n'aperçoit plus que les restes vermoulus des échafauds où les ouvriers ont disparu? » (Préface).

Leibnitz, célèbre philosophe et mathématicien, catholique par le cœur, a dit aussi écrivant à Maglia-Brechi : « que si jamais les moines s'occupaient des sciences naturelles, on ferait plus de progrès en dix ans, qu'on en ferait autrement en plusieurs siècles. »

Si vous lisiez, monsieur Victor Hugo, Platon-Polichinelle, Madrolle, Bergier et tant d'autres, vous conviendriez avec moi que les ordres religieux ont été et seront encore les sauveurs de la France et de l'Europe ; car les religieux sont l'état-major ou l'élite du sacerdoce catholique : s'ils furent les défricheurs des forêts, ils sont aussi les défricheurs des consciences noires et redoutables comme la forêt de Gondy. Lorsque le monde voit de ces hommes qui quittent tout et qui ne vivent pas comme les autres hommes, le remords s'empare de la conscience voluptueuse et tarifée des mondains, qui sont forcés de se dire à eux-mêmes : « La terre n'est pas notre véritable patrie ; et Dieu est là-haut pour nous juger ! »

Les abbayes sont donc remplacées aujourd'hui par 250 mille cabarets, où l'on vend la folie et quelquefois le crime en bouteille ; et à la place des moines nous avons des milliers de jeunes gens affamés de places et d'argent, qui se jettent comme des vautours sur le budget, font des révolutions à Paris pour s'occuper à quelque chose, lorsqu'ils n'ont pas de place, et deviennent des enragés conservateurs, s'ils ont le bonheur de sortir sains et saufs d'une révolution avec 50 millions comme Mazzini, le pape socialiste de Rome en 1848.

Or, le bien immense que faisaient et que feront encore les religieux découle nécessairement du sacerdoce catholique, qui, au milieu des ruines et des commotions universelles, reste toujours debout comme une pyramide d'Egypte. Triste changement ! Autrefois, c'étaient des siècles de penseurs ; aujourd'hui, c'est le siècle des pansards ? Chacun chez soi, chacun pour soi, telle est la magnifique devise des conservateurs, qui croient l'univers heureux, lorsqu'ils ont bien dîné ! Nos pères catholiques s'entendaient en fait de charité mieux que nous ; ils ne parlaient pas et ne discutaient pas comme nous ; ils agissaient. En Belgique, on sert aujourd'hui les pauvres dans un hôpital avec des plats de terre au lieu de plats d'argent ; et le mot Hôtel-Dieu est souvent remplacé par le mot dépôt de mendicité ? A Paris, partout on danse, on banquète, on mange pour les pauvres ; en France, en organise la charité par des loteries ; et la bienfaisance n'est plus un devoir de cœur, c'est une occasion de plaisir et de cupidité ; l'égoïsme est à son comble ; la bourse est le temple de la patrie, et chacun veut s'abreuver à longs traits à la mamelle de la terre.

Il faudrait donc le génie et la science du clergé catholique pour sauver la société par lui-même et par les religieux, ses savants et saints auxiliaires. Toutes ces sociétés d'hommes et de femmes qui jeûnaient et priaient pour la société, et ces mendiants volontaires qui donnaient de grandes et sévères leçons à ceux qui possèdent de grandes terres ou plutôt qui en sont possédés, faisaient plus pour le bonheur de l'individu et des masses que vos milliers de faméliques en gants jaunes qui se croient des êtres nécessaires, parce qu'ils s'abattent comme une nuée de sauterelles sur la terre promise de la bureaucratie. Et que dire de ces milliers de femmes et de filles qui ont perdu la foi et la simplicité des mœurs patriarchales de nos pères, et qui viennent à Paris vendre leur corps et leur âme pour un morceau de pain, pour une robe, pour un cerceuil où vont se reposer leurs os gangrenés de vices et de débauches ? Est-ce que nos religieuses d'autrefois n'entendaient pas mieux le progrès moral et intellectuel que ces pauvres créatures, qui sont des coupes vivantes d'impureté et de dégradation ? Et les Henri VIII, et les Luther, et les Voltaire, et les Robespierre, et tant d'autres qui ont voulu détruire les vœux monastiques, ont bien mal servi la société, attaquée jusques dans ses bases, depuis qu'elle a perdu sa boussole morale et religieuse.

Pensez-vous que ce n'est rien que vouloir être esprit, et cesser d'être brute, à la suite de Vénus l'*ancienne* et de la déesse Raison la *moderne ?* Se rapprocher de l'état primitif de l'humanité glorieuse et pure, de l'état futur de l'humanité impeccable et sauvée, est-ce rien ? Une carmélite dans son cloître, un religieux dans sa cellule, qui prie comme Jésus-Christ dans le désert, sauve les nations, Et les combinaisons des sages et des politiques sont peu de chose, devant Dieu, dans la balance des destinées humaines et sociales. Le grand Constantin allait consulter avec Théodose le pauvre Antoine sous son palmier, et ils s'en revenaient plus sages, meilleurs et plus dévoués pour le bien de leur peuple. Prier pour tous, est-ce rien ? Et donner aux nations l'exemple, qui peut détacher les âmes des tromperies de la terre, les solliciter vers le ciel et les remettre à Dieu, c'est certes quelque chose? Or, c'est ce que font nos religieux et nos religieuses, et par conséquent c'est ce que font les prêtres catholiques, puisque tout cela vient et dépend d'eux.

Quel génie ! Quel prodige de génie!

Le monde païen a vu ce spectacle avec une admiration indicible, et l'Arabe de l'Afrique est obligé de s'approcher de la sœur de charité pour toucher sa robe et s'assurer si ce n'est pas un ange. Oui, il faut, pour empêcher l'homme de dériver aux courants de l'esprit subtil et pour arrêter les volontés faibles et inconstantes, il faut l'exemple des vœux perpétuels de pauvreté, de chasteté et d'obéissance dans une faible femme et dans un homme non moins faible. Alors, la nature montre aux hommes le livre des cieux, cette vie chrétienne oùvre le livre de l'âme.

Illustre poète,

C'est à vous à lire avec vos amis dans ces deux livres... et nous sommes sauvés de la contagion des doctrines dangereuses des socialistes, les ennemis du sacerdoce catholique et de l'humanité. Jugeons donc de ce que les socialistes phalanstériens feront pour la femme dans le *Monde futur*, par ce qu'ils ont fait en 93 pour la femme française! n'ont-ils pas donné des primes aux filles perdues et adoré le rebut des autres de la prostitution? Et Considérant ne dit-il pas dans son ouvrage, que la constance des affections est un crime et une infamie? Que leurs doctrines diffèrent de celles du catholicisme, qui a établi l'incorruptibilité de la femme, en frappant de réprobation la pensée du mal et de l'adultère, l'usage de la polygamie, qui n'est que l'adultère légal, et la cruelle faculté du divorce, qui n'est que la polygamie successive? L'unité, la sainteté, l'indissolubilité du mariage, élevé à la dignité du sacrement, pouvaient seules prévenir efficacement le retour des mœurs païennes, et l'église par-là a fait de la femme un être raisonnable, libre et saint; tandis que les socialistes veulent tout au plus en faire un chiffon, en l'affranchissant de ses devoirs et de sa modestie, et en lui octroyant la liberté de la bête. Au reste, l'état de la femme, chez les Arabes, chez les Païens et chez les Musulmans, qu'on vend et qu'on achète comme un animal sur un marché; les bûchers des Indes et les suites de cette avilissante dégradation prouvent que le catholicisme seul régénère et sauve le monde par les religieux et les prêtres. Par nos doctrines et nos bonnes œuvres, qui touchent à tous les élémens de la société, nous sommes les architectes et les conservateurs des nationalités. Et vous, vous en êtes les impitoyables démolisseurs. Voilà entre vous *savants* et nous *ignorants*, la différence prochaine. Oui, il faudrait aujourd'hui des maisons de prières, qui servissent d'asile contre les attaques des modernes barbares, qui sortiront bientôt des entrailles de l'enfer pour faire une société modèle...

De toutes parts, et à chaque instant, on entend les hommes de tous les partis s'écrier : Il faut s'unir pour sauver la société; car le danger est imminent! Je souhaite pour ma part que leurs communs efforts ne soient pas nuls, et que ce rapprochement ne se fasse pas par le trait-d'union de la peur. Mais je crois que personne n'est plus propre à sauver la France que l'*homme de Dieu*, rempli de dévouement et animé de la passion du sacrifice et de la charité.

En effet, c'est le prêtre catholique, M. Victor Hugo, qui a fondé et qui fondera encore tous les ordres religieux, les véritables et les seuls boulevards contre les attaques incessantes des Vandales et des Huns de tous les siècles.

Or, ils s'entendaient en économie sociale, les grands fondateurs d'abbayes et de monastères, tels que Benoît, Bernard, Dominique, Norbert, François d'Assises, François de Paule, Thomas de Villeneuve, Philippe de Néry, Ignace de Loyola et autres; et si nous ne revenons pas aux moines qui prient et jeûnent pour ceux qui ne font rien de cela, nous sommes perdus, corps et âme. Non, ce n'est pas un homme de tel ou tel parti qui empêchera la France de tomber dans l'abîme du bas-Empire; il s'agit ici d'une question de principes éternels et non d'une question de personne.

De nos jours donc, les yeux se sont tournés vers les envahissements du paupérisme, et depuis que Kant, le plus sot des philosophes, a voulu *créer Dieu*, les économistes voltairiens et socialistes veulent *créer la société.*

Pour atteindre ce but sublime, rien n'est plus simple. Les économistes dont la science récente veut assurer et augmenter le bien-être et la richesse des peuples, en multipliant les moyens d'existence ; les économistes ou les socialistes qu'il faut considérer comme les symptômes d'un malaise nouveau, puisque les maladies ont toujours précédé les médecins ; les économistes, effrayés de *l'augmentation envahissante* des populations pauvres, frappés de ce que la progression des ressources ne suivait pas celle des besoins, ont voulu condamner *le pauvre au célibat.* Ils disent au pauvre : « Travaillez pour vivre, ne vous créez pas les embarras d'une famille, à charge à l'État comme à vous-même. Or, qu'est-ce que le célibat sans les idées, sans les prescriptions religieuses ? Qu'est-ce que le célibat des garçons du monde, si ce n'est la dépravation ? *Vœ soli !* Mais celui qui a Dieu pour compagnon a Dieu pour soutien, et n'est pas seul. Il n'y a que deux états naturels et vrais, le mariage chrétien et le célibat chrétien : hors de là, misère, abrutissement pour l'individu et pour les masses.

Illustre accusateur du clergé,

Est-ce que le prêtre catholique n'avait pas été inspiré par le vrai génie, sauveur des nationalités, en établissant par toute l'Europe un nombre considérable d'ordres monastiques pour les hommes et pour les femmes, qui se dévouaient aux privations et aux sacrifices nécessaires ? En effet, dans la plupart des monastères, la production dépassait la consommation. Les religieux vivaient à moins de frais que nos mendiants les plus nécessiteux, et le superflu était le *revenu des pauvres.* Les couvents avaient d'ordinaire une sorte de *grand-livre ;* des vieillards, des veuves, des orphelins, des infirmes étaient inscrits, et, venant à jours fixes chercher le pain de leur corps, recevaient en même temps quelques douces et consolantes paroles, et d'encourageants exemples d'abnégation.

Ce n'était pas une orgueilleuse opulence secourant une

orgueilleuse misère ; ce n'était pas M. Eugène Süe, socialiste, se faisant donner ses lettres et ses journaux sur un plat d'argent, ou Sénèque parlant de la pauvreté sur un pupitre d'or ; Non, Non ; C'étaient deux sœurs dont l'une aidait l'autre. Et ne parlons pas ici de quelques abus, attachés à toutes choses humaines ; parlons des bienfaits, qui seuls aujourd'hui peuvent sauver la société.

Ces religieux et ces religieuses, souvent attaqués par les économistes, étaient précisément, selon le précepte des économistes, des pauvres sans famille. Par quelle préoccupation ne l'ont-ils pas vu ? Et les hospices, ouverts dans le plus grand nombre d'abbayes, valaient-ils les souscriptions, les bals, les dîners et les loteries au profit des pauvres ? Je le crois. Et la bêche d'un moine ne gardait-elle pas mieux la propriété que cinq cent mille baïonnettes de soldats ? Je le crois.

Eh bien ! M. Victor Hugo, toutes ces grandes choses sont dues au prêtre catholique, qui, par son amour pour Dieu et les hommes, ses frères et ses amis, et par ses bonnes œuvres, prouve, d'une manière inattaquable, qu'il a du génie. Un tel homme a plus que du génie ! Car il porte Dieu et les destinées humaines dans son cœur ; et c'est par le cœur que l'on est grand !!! Ainsi, le prêtre catholique, cet être ignorant, comme vous l'appelez, soulage toutes les misères humaines, morales et physiques, et les empêche même d'exister sur la terre, autant que cela est possible à l'homme, soit par lui-même, soit par ses auxiliaires les moines, les frères de Saint-Jean-de-Dieu et du Mont-Saint-Bernard, les sœurs de la miséricorde, du bon refuge, de la sagesse et de la charité. Et s'il fallait énumérer ici toutes les œuvres de la charité, qui est le véritable génie du prêtre, est-ce que, Monsieur, vous ne sentiriez pas vibrer dans votre âme un sentiment qu'on appelle la reconnaissance ?

Je trouve l'Europe moderne bien modeste d'admirer l'antiquité, qui n'a été grande que parce qu'elle a honoré ses prêtres et son sacerdoce, loin de les calomnier et de les insulter ? Que dirait donc l'antiquité si, réveillée tout à coup, elle voyait la femme, tant dégradée chez elle, ainsi transformée par le sacerdoce catholique ? Quel bien n'avons-nous pas fait à la femme devenue sainte et sublime, grâce à la communion et à la confession qu'on voudrait calomnier avec un esprit de satan? Et l'antiquité voudrait-elle reconnaître son esclave dans cet *ange mortel?* Chez les religieuses surtout, tant de charité, d'abnégation, de force, de modestie, répandues, prodiguées, inappréciées, inappréciables, la feraient douter de ce qu'elle voit et s'écrier : « Non, non, ce n'est plus la terre que j'ai foulée! Quelle est cette race semblable et supérieure à mes dieux? où suis-je? car le ciel est nouveau.

Et nous, Français, imprégnés de l'atmosphère chré-tienne avec les autres peuples de l'Europe, nous calom-nions les prêtres catholiques qui font naturellement toutes ces grandes choses, et nous trouvons ces choses toutes simples. C'est là même un don sublime : l'idée du bien est grande dans l'esprit le plus mauvais; pour nous, chré-tiens, il est naturel de croire que l'humanité est capable d'une grande perfection : pour toi, Platon, il est beau de l'écrire!

Lorsque donc, M. Victor Hugo, vous verrez la tentation de nous appeler ignorants naître dans votre cœur, pensez de suite à la mère, à l'épouse, à la fille chrétienne, à la sœur de la charité et à la carmélite, et écriez-vous dans l'enthousiasme de la reconnaissance : « C'est là du génie! c'est plus qu'une tragédie de Racine ! »

Or, c'est ce génie sacerdotal qui a dit au monde entier, il y a dix-huit siècles : Lève-toi et marche; et le monde, pourri de paganisme, c'est-à-dire d'orgueil et de volupté, s'est levé et a marché!

C'est encore ce génie sacerdotal qui dira à l'Europe et à la France, gangrenés de doute, et pourris d'orgueil et d'égoïsme : levez-vous et marchez ; et malheur à vous, si vous ne savez pas tout ce qu'il y a d'amour pour vous et pour le bonheur du monde, dans une poitrine sacerdotale et catholique !

XI.

Le Clergé catholique a élevé tous les monuments de l'Europe, ou par ses mains sacerdotales, ou par les mains des moines, ou par les mains des bons laïques catholiques.

Illustre tribun,

Je vous prie de m'excuser, si je ne trouve qu'une formule

identique pour justifier le clergé catholique dont vous êtes l'accusateur : la vérité est invariable dans le fonds, malgré la variété et la diversité qui l'accompagnent dans la forme, sous laquelle elle apparaît à chacun de nous. Je crois qu'il m'est permis de réduire la justification des prêtres catholiques à cette pensée uniforme : « Le clergé catholique est grand et savant, et il a tout fait en France et en Europe ! » Car les anges eux-mêmes dans le ciel répètent toujours le même cantique, et sur la terre les hommes raisonnables ont toujours la même foi et les mêmes espérances.

Ainsi, je peux répéter, hardiment et sans crainte de me tromper, que c'est nous qui avons fait, en France et en Europe, tout ce que l'œil aperçoit de grand, d'utile et de beau ; et si 93 a épargné quelques maisons de moines, on a pu en faire de magnifiques casernes. Avant l'arrivée des missionnaires catholiques, les Francs et la plupart des Européens ne savaient ni bâtir ni construire de maisons et des temples ; et éternellement ils fussent restés sauvages, si nous n'en avions pas fait des hommes, des peuples civilisés et chrétiens. C'est donc aux hommes du passé catholique que la France *doit* toutes nos villes, toutes nos bourgades, tous nos villages, tous nos hameaux, tous nos ports, nos aqueducs, nos ponts, nos citadelles, nos colonnades, nos bourses, nos casernes, nos dômes, nos coupoles, nos châteaux, nos observatoires, nos porches, nos donjons, nos arcs de triomphe, nos beffrois, nos préfectures, nos lycées, nos colléges, nos écoles, nos instituts, nos sorbonnes, nos chapelles, nos églises, nos cryptes, nos cathédrales, nos clochers, nos carillons, nos campaniles, nos tours, nos Hôtels-Dieu, nos hôpitaux civils et militaires, nos rues, nos places, nos bazars, nos quais, nos fontaines, nos galeries, nos musées, nos bibliothèques, nos tableaux, nos statues, nos escaliers, nos arsenaux, nos amphythéâtres, *nos* universités et *nos* académies, qui étaient autrefois dotées d'une riche succession de bon sens et de vérité ; car elles étaient éminemment catholiques !

Tout ce que l'œil voit de grand, depuis dix-huit siècles, dans la statuaire, dans la peinture, dans l'architecture, dans les livres, dans les sciences, dans la gravure, dans l'imprimerie et dans la mécanique, c'est à une main catholique qu'on en est redevable. Ce sont nos pères qui ont fait les magnifiques Hôtels-de-Ville d'Anvers, de Louvain, de

Lyon et d'Amsterdam;—les magnifiques places de l'Hôtel-de-Ville et de Saint-Michel, et la place Royale à Bruxelles, la place Navonne à Rome, la place Saint-Marc à Venise, la place de Florence, la place Royale de Nancy avant 93, la place des Terreaux à Lyon, la place de Rennes, et enfin la plus belle des places avant 93 socialiste, celle de Belle-Cour ou de Louis-le-Grand à Lyon. — Ce sont nos pères qui ont fait la magnifique rue de Maximilien, ornée de fontaines, la rue de Tolède à Naples, la Grand'Rue de Berne, la rue du Cours à Rome, la rue de Gênes, la rue de Cassaro à Palerme et la rue d'Alcara à Madrid, les plus belles rues qu'il y ait en aucune ville du monde.—Ce sont nos pères catholiques qui ont lancé dans les airs, comme des trophées de leur grandeur, les tours pyramidales, les clochers et les campanilles de Florence, de Rome, de Fribourg, de Salisbury, d'Anvers, d'Oxford, de Strasbourg, de Venise, de Chartres, de Turin, de Cambrai, de Cantorbéry, la tour *penchée* de Pise, la Giralda de Séville, la tour de Pragues, la fameuse tour d'Asinelli à Bologne, et les clochers de Dijon, la ville aux beaux clochers, comme disait Henri IV! Or, 93 a passé à Dijon, et l'on n'y voit plus rien de ce qui ravissait Henri IV! — Ce sont nos pères catholiques qui ont bâti les superbes palais de Munich, l'Athènes de l'Allemagne, les palais des Tuileries et du Louvre dont le chanoine Pierre Lescot donna les desseins, les palais de Turin, de Venise, de Gênes, de Séville, de Rome, de Versailles et de Florence, le magnifique Alcazar de Séville. le Vatican des papes (cette ville dans Rome), le palais de l'Escurial à Madrid, et le palais de Monte-Cavallo à Rome.... Ce sont nos pères catholiques qui ont élevé les belles fontaines de Rome, celles de Navonne, de Trèves, des Termes, la fontaine Pauline et la fontaine des Saints-Innocents à Paris, et tant d'autres.

Ce sont nos pères catholiques qui firent les Jubés arabesques de Bruges, de Tours et de Troyes, — les chaires de Bruges, de Bruxelles, de Gand et de Rome,— le magnifique baptistère de Pise, — la superbe porte d'Alcala à Florence, qui n'a pas sa pareille en Europe, — les portes de Retiro et de Saint-Vincent à Madrid, —les portails de Reims et de Rouen,—les trois portes de bronze du baptistère de la cathédrale de Florence, que Michel-Ange trouvait dignes de servir d'entrée au paradis même,— la porte de la Madeleine à Paris, — la plus belle chapelle sépulcrale du monde, celle de l'Escurial à Madrid, — les chapelles de Séville, de Paris, de Madrid, de Rome et celle de Saint-Janvier à Naples, — les chapelles sépulcrales de Florence, de Bruges, èt de Dijon avant 93 socialiste et voltairien.

Ce sont nos pères catholiques qui firent les mausolés de Ferdinand VI, à Madrid et de Anne de Montmorenci, à Montmorenci ; la nef d'Amiens, le chœur de Beauvais, les coupoles de Saint-Pierre de Rome et de Milan, l'église de Venise à quatre-vingt-seize colonnes de marbre et de porphyre, le trésor de Saint-Marc à Venise, et tous les chefs-d'œuvre qui attestent encore leur grandeur et la petitesse des hommes anti-sacerdotaux de nos jours.

Illustre poète,

Qu'est-ce qui a bâti Séville, dont on a dit : « qui n'a pas vu Séville n'a pas vu de merveilles ? » Qu'est-ce qui a bâti Florence, la plus belle ville du monde, dont Charles-Quint disait qu'il ne fallait la laisser voir aux étrangers que les jours de fêtes et les dimanches ? Qu'est-ce qui a bâti Rome, la ville éternelle, la ville des papes et de l'église catholique, la ville des arts et des sciences, la ville du temps et de l'éternité, dont on a dit.... *Voir Rome et puis mourir !!* Qu'est-ce qui a bâti ces villes ? Ce sont nos pères catholiques que des pygmées de la science méprisent et insultent chaque jour, dans leur impiété voltairienne.

Et nos cathédrales, ces épopées lapidaires, ces montagnes de pierre, suspendues entre le ciel et la terre, ces musées et ces encyclopédies, ces vastes rendez-vous des arts et des sciences, de la peinture et de la gravure, de la sculpture et de l'architecture, de la mécanique et de la statuaire, de l'histoire et de la théologie, de la littérature et de la tragédie ; Ces monuments qui défient les siècles et l'orgueil des impies modernes ; Ces pyramides religieuses auxquelles l'arabe de l'orgueil ne peut détacher aucune pierre : Ces petits ou plutôt Ces grands mondes créés par le génie religieux, qui durent plus longtemps que l'empire romain, et qui nous rappellent et nous enseignent Dieu et l'homme, l'âme et l'immortalité, les anges et les démons, l'histoire des siècles passés et des siècles à venir, la chute de l'homme et la rédemption, la trinité et l'unité dans Dieu, le symbole et les sacrements, le ciel et l'enfer, la justice et le pardon ?...

Eh bien! quand il n'y aurait debout que ces chefs-d'œuvre pour rappeler notre génie et notre science, ce serait assez pour avoir mérité des autels, et trop pour ne. pas mériter votre ingratitude? Car c'est le sacerdoce catholique qui a élevé et inspiré toutes nos cathédrales....

Telles sont les cathédrales de Rome, de Milan, de Florence, de Venise, du Mont-Cassin, de Naples, de Mantoue, de Véronne, de Lorette, de Palerme, de Parme, de Gênes, de Modène, de Bologne, de Pise, de Plaisance, de Turin, de Padoue, de Ravenne, de Sienne, en *Italie;* — les cathédrales d'Amiens, de Bourges, de Rouen, de Paris, de Reims, de Coutance, de Besançon, de Montauban, d'Albi, d'Autun, de Strasbourg, de Nancy, de Châlons, de Tours, de Saint-Denis, d'Orléans, de Langres, de Saint-Omer, d'Alençon, de Clermont, d'Aix, de Nevers, de Séez, de Sens, de Chartres, du Mans, de Laon, de Beauvais, de Dijon, de Noyon, de Saint-Riquier, de Narbonne, du Puy, de Cluny, de Poitiers, de Metz, d'Auxerre, d'Angers, de Troyes, de Nantes, en *France;* — les cathédrales de Cordoue, de Burgos, de Séville, de Salamanque, de Saint-Jacques le Compostelle, de Tolède, de Valence, en *Espagne;* — les cathédrales d'Anvers, de Bruxelles, de Fribourg, de Soleure, de Trente, d'Aix-la-Chapelle, de Cologne, d'Inspruck, de Vienne, de Munich, de Prague, de Magdebourg, de Brême, d'Augsbourg, de Trèves, de Cracovie, de Courtray, de Moscou, de Constantinople, en *Belgique,* en *Suisse,* en *Allemagne,* en *Russie* et en *Turquie;* — les cathédrales de Windsor, d'Excester, de Salisburg, d'Édimbourg, d'Yorck, de Cantorbéry, de Winchester, de Westminster, de Londres, et la maison communale de Salisbury, en *Angleterre;* — et les cathédrales de Liége, avant 93 socialiste et voltairien, — de Mâcon, avant 93 socialiste et voltairien, — et tant d'autres merveilleux monuments avant 93 socialiste et voltairien, qui nivela tout ce qui était grand et majestueux comme Dieu, pour qu'il fût quelque chose!

Que de monuments innombrables qui prouvent la science et la grandeur du sacerdoce catholique! Jacques Cœur comptait en France dix-sept cent mille clochers qui sont des *Evangiles* en pierre; et Châteaubriand, dans ses *Etudes historiques,* a élevé à la somme totale des églises, des villes, des châteaux, etc., à un million huit cent soixante-douze mille neuf cent vingt-six !

Illustre poète,

Les cathédrales sont donc les immortels témoins de la science et du génie du sacerdoce catholique. Aussi, ne soyons pas étonnés que le grand Vauban ait prononcé ces paroles, en voyant la voûte de la cathédrale de Coutance : « Quel est le fou sublime qui t'a lancée dans les cieux ? »

Napoléon-le-Grand a aussi fait entendre une parole remarquable, en entrant dans la cathédrale d'Amiens : « Un athée n'est pas ici à son aise ! »

Pour moi, Monsieur, qui n'ai pas votre génie et votre talent, je me contente du génie de la reconnaissance, lorsque j'entre dans la cathédrale d'Amiens, et je ne cesse de m'écrier, en m'agenouillant sur les dalles séculaires de cet immense édifice : Que Dieu est grand ! Que le sacerdoce catholique est grand ! Comme nos pères étaient grands ! Qu'ils étaient grands ! Qu'ils étaient grands ! Et puis je me tais, je prie, j'adore, et je reste en extase, en admirant ce monument qui l'emporte même sur l'*Athalie* de Racine et sur *la Nuit de Noël* du Corrége, et puis, je n'ai que de la pitié pour ceux qui, comme vous, osent appeler ignorant le clergé catholique.

XII.

Toutes les savantes universités et les colléges de l'Europe ont été fondés par les Prêtres ignorants du catholicisme.

Monsieur Victor Hugo,

Le clergé catholique ne s'est pas seulement occupé, dans sa sublime mission, de donner au peuple le pain de l'âme et du cœur, la vérité du décalogue et la vie surnaturelle ; car nos cathédrales catholiques sont assez vastes pour que le peuple y entre en masse, et elles ne ressemblent pas aux Parthénons étroits et mesquins de l'antiquité païenne, où n'entrait que l'élite privilégiée de la nation. Mais le clergé catholique, ce gouvernement de la *léthargie* et de *l'ignorance*, a fondé toutes les écoles de l'Europe ; et c'est au cardinal Richelieu que vous devez en particulier d'être du nombre des académiciens.

Est-ce que ce n'est pas nous, nous prêtres catholiques,

nous, l'*ombre* de la soutane, nous, qui voulons *bâillonner la France, pétrifier la pensée humaine,* nous, *la maladie* d'une religion que nous ne comprenons pas, — est-ce que ce n'est pas nous qui avons fondé toutes les savantes universités de l'Europe :—*en France,* les universités de Paris, Lyon, Trèves, Toulouse, Montpellier, Narbonne, Vienne, Besançon, Dôle, Avignon, Orléans, Cahors, Orange, Aix, Bordeaux, Valence, Caen, Bourges ; — en *Italie,* les universités de Rome, Bologne, Naples, Salerme, Pavie, Florence, Padoue, Pise, Turin, Palma ; — en *Espagne,* les universités de Valence, Séville, Salamanque, Barcelone ; — en *Allemagne,* les universités de Munich, Cologne, Prague, Leipsick, Vienne, Cracovie, Mayence, Heildelberg, Erfurt, Ingolstadt, Tubingue ; — en *Suisse,* les universités de Fribourg et Bale ; — en *Belgique,* l'université de Louvain ; — en *Angleterre,* les universités d'Oxford, Cambridge, Cantorbéry, Aberdeen, Glascow, et de Saint-André, en *Écosse ;* — dans le *Danemarck,* les universités de Copenhague et d'Upsal ; — dans le *Portugal,* l'université de Coïmbre.

Or, je le répète à la face du ciel et de la terre, c'est nous, prêtres catholiques, qui avons fondé toutes ces savantes et illustres universités, puisque l'université de Palma, la plus récente, fut fondée en **1483,** *trente ans* avant la réforme des protestants individualistes ou aliénés.

Et vous, auteur de *Han d'Islande,* vous nous accuserez d'ignorance avec votre imagination fantasmagorique, fantastique, télescopique, poétique, épique, lyrique, comique, romantique, tragique, gothique, magique, féérique, amphygourique, élastique, lunatique, drolatique, bachique, hyperbolique, métaphorique, mythologique, machiavélique, pneumatique, hypothétique, antithétique, et épispastique !!!

Le clergé catholique ennemi des sciences et des progrès ?

Mensonge ! injustice ! calomnie !

Est-ce que les prêtres catholiques ne sont pas un sénat d'artistes, de savants, de philosophes, de moralistes et d'historiens ? Tous les grands noms des hommes et des choses que j'ai rappelés ne sont-ils pas une preuve éloquente de ce que j'avance ?

Qu'êtes-vous donc, ô infatigable chercheur de la popularité, non du grand et noble peuple de France, mais de la populace qui trouve toujours des égareurs, comme dit Montaigne..., Qu'êtes-vous pour renier ainsi le clergé catholique et donner de sacriléges soufflets sur un passé de dix-huit siècles ?

Voulez-vous ressembler à Omar, lieutenant de Mahomet, qui a brûlé, pendant six mois, la riche bibliothèque d'Alexandrie, sous prétexte que l'Alcoran renfermait tout ? Et Fourier ne voulait-il pas aussi brûler tous les ouvrages de philosophie ? Voulez-vous aussi brûler, par les flammes de votre génie *accusateur*, un passé de dix-huit siècles de philosophie, de sciences, d'arts, d'histoire et de découvertes éminemment et visiblement *catholiques*, sous prétexte que *votre* raison et la *raison* de l'état, que je crois la *vôtre*, renfermeraient toutes choses, le passé, le présent, le futur et le nouveau ?

Une pareille prétention *socialiste* et *individualiste* prouve éminemment et visiblement que le règne de votre raison est absolument passé.

Qu'êtes-vous donc dans l'histoire de l'humanité, ô être contingent ? Montez, montez sur les épaules des catholiques Racine et Corneille, ou sur les galeries de Saint-Pierre de Rome, afin que nous vous apercevions un peu mieux !

Et parce que vous et vos amis vous êtes les tards-venus dans la *république* des sciences, des arts, de la philosophie, de l'histoire, de la poésie, de la dialectique et des grandes découvertes, *en sommes-nous la cause?*

Et parce que les siècles de Léon X pape, en Italie, et de Richelieu prêtre, et de Louis XIV roi catholique, en France, ont brillé comme des soleils sur le monde des intelligences; est-ce nous que vous devez en accuser?... Pouvons-nous empêcher la nature des choses? Et parcequ'il n'y a presque plus de *place* dans le xix⁰ siècle pour de nouveaux chefs-d'œuvre.... *accusez-en nos ancêtres*, qui ont eu le tort d'accorder tant de faveur et de respect *à Dieu, au Christ, à la religion, au décalogue, à Rome, et au clergé catholique?*

Monsieur Victor Hugo,

S'il avait plu à la Providence de vous faire naître à la place de Racine et de Corneille dans le xvii⁰ siècle, et de vous donner comme à eux une immense dot de génie, de sagesse, de bons sens, et de respect pour *le clergé catho-*

lique, est-ce que vous ne gémiriez pas dans le repos de votre tombe, de voir, deux cents ans après votre mort, votre sommeil d'Aigle, troublé par les agaceries d'un perroquet ou d'un roitelet socialiste?

Tenez.... vous me faites monter la bile, lorsque j'entends vos grossières et impudentes accusations contre le clergé catholique, lancées du haut de la tribune française?

Si vous ne savez sur qui décharger votre colère, parce qu'il ne vous est plus possible de faire des chefs-d'œuvre, tels que Phèdre, Iphigénie, Esther, Athalie, Britannicus, les Horaces, Polyeucte, le Cid, Cinna, Il ne faut pourtant pas être injuste envers *nous,* qui ne savons qu'y faire...

La nature a des moments d'arrêt et de variété ; et c'est ce qui fait la beauté et l'harmonie de l'univers. Ne soyez donc pas surpris que, lorsque le soleil a quitté l'horizon, les mortels soient dans les ténèbres ou qu'ils ne soient plus éclairés que par la pâle lueur des étoiles et de la lune!

Ce qui est arrivé, après que Racine et Corneille eurent quitté le monde de la poésie, consolez vous, ô illustre penseur socialiste, aura lieu, lorsque Dieu éteindra le flambeau de votre génie ; car le monde sera tout-à-fait dans les ténèbres; et ce ne sera pas d'ici des siècles que l'on y verra clair....

Le clergé catholique, ennemi des véritables lumières et progrès des peuples!

Mais sans le clergé, ô poète, qu'on a appelé enfant sublime, vous n'auriez jamais su parler les langues grecque et latine que vous devez au *parti clérical,* qui a conservé tous les chefs-d'œuvre de l'antiquité païenne, dans son *ignorance* et dans son *esprit rétrograde.* Jamais vous n'auriez étudié Virgile et Démosthène sans les prêtres catholiques, qui ont toujours entendu le grec et le latin, en lisant ces deux langues dans les prières, le bréviaire, le sacrifice et les rites publics de la religion.

Sans nous, vous n'auriez été qu'un pauvre *ménétrier* ou *barde gaulois,* et votre muse ne se serait élevée qu'à la hauteur du gland des chênes de la forêt! Sans nous, vous ne sauriez ni *lire* ni *écrire,* puisque nos pères, ces *batailleurs,* qui ne voulaient savoir que chasser et se battre, disaient avec un orgueil qui accuse votre ignorance ou votre ingratitude :

« Foi de chevalier, nous déclarons ne savoir signer! »

Le clergé catholique, ennemi des sciences et du progrès? Mais vous plaisantez, illustre député ! Quand bien même nous penserions que Racine et Corneille, ces poètes du grand siècle catholique, sont des géants auprès de vous, nous sommes encore assez justes pour vous admirer dans vos sublimes odes, et assez généreux pour être prêts à vous honorer de notre pardon, quoique vous nous insultiez et nous calomniez à la tribune d'un pays que nous avons civilisé, instruit et formé...

Au reste, il faut convenir que votre talent est bien déchu, depuis que vous êtes devenu socialiste. Aussi, il ne vous reste plus aujourd'hui qu'à composer un poème sur la vapeur. Je suis persuadé que vous feriez un chef-d'œuvre sur cette matière, en suivant votre nature; et nos petits neveux, dans la suite des âges, s'écrieront dans l'enthousiasme de la plus exacte vérité, en voyant des nuages et de la vapeur : « Voilà le chef-d'œuvre de M. Victor Hugo ! Voilà le socialisme!!!

Ou bien vous pourriez encore composer un poème sur la différence qui se trouve entre le *soleil levant* et le *soleil couchant*, et vous auriez la politesse de dédier cet ouvrage, *improvisé* comme vos discours de la chambre, à tous les fervents adorateurs de tous les soleils des gouvernements *nouveaux*. Mais je crains fort que les malins ne se disent tout haut les uns aux autres : « Voilà l'*histoire* de M. Victor Hugo! »

XIII.

Une page du passé catholique de la France, la fille aînée de l'Eglise.

Monsieur Victor Hugo,

Les peuples, qui ont le plus honoré et respecté leur clergé, se sont élevés à l'apogée d'une grandeur incontestable et durable; et l'histoire est là pour confirmer ce que j'avance. A quoi les grands peuples de Rome, de la Grèce et de l'Egypte doivent-ils leurs sciences, leurs arts et leurs gloires? Personne n'en doute, c'est au respect de leurs dieux et de leur sacerdoce, qui n'étaient pourtant qu'une sacrilége contrefaçon du vrai et unique Dieu, et du vrai et unique sacerdoce du catholicisme. Il ne doit donc pas être étonnant que la réflexion et la reconnaissance aient inspiré à un poète contemporain cette belle page, qui va droit à la gloire et à l'honneur du clergé catholique, le créateur et le conservateur de la nationalité française, de son génie, de ses vertus et de ses gloires.

Nous donc, prêtres catholiques, les victimes de vos sacriléges accusations, nous, qui avons le privilége de faire d'illustres ingrats, nous vous conseillons d'aller visiter la *galerie* de Versailles, et vous jugerez de ce qu'était la France, lorsqu'elle croyait et pratiquait réellement la religion de saint Remi et de sainte Clotilde.

La galerie de Versailles est donc un livre de géant, et il faudrait une main de géant pour le feuilleter. Lorsqu'on entre dans ce vaste sanctuaire des gloires et de la grandeur de notre patrie catholique, on croit entendre des voix rudes et célestes crier aux curieux que le culte de la reconnaissance doit animer : « Viens à moi, je suis Charlemagne ! Viens à moi, je suis Napoléon ! Par ici, enfant du Languedoc, je suis Simon de Montfort, Et moi, Montmorency ! Par ici, étudiant des écoles de Bretagne, je suis Beaumanoir, Et moi, Duguesclin ! A moi, poète, je suis Racine ! A moi, chrétien, je suis Bossuet ! Et puis retentit un immense cri comme un tocsin : Gloire ! gloire ! gloire !

Que la galerie de Versailles est magnifique dans une nuit illuminée ! L'homme est trop petit au milieu de tant de majestés, de vertu et de génie !...

Imaginez-vous s'entendre marcher seul et vivant dans le silence de la nuit présente, au milieu des cris de triomphe et de gloire des populations debout du *passé ;* de voir dans un océan de lumière et sous l'immensité des voûtes, de voir partout, en haut, en bas, à droite, à gauche, parmi l'or, les marbres et les porphyres, des héros, des rois, des savants, des soldats, des prêtres, des femmes, des martyrs, tous portant un grand nom, tous vous suivant d'un regard qui s'est mesuré avec la gloire ; — et d'être là seul, tout petit avec la vanité d'avoir osé les compter et les mesurer ! Oh ! quel effroi terrible ! Grâce ! grâce ! éteignez les lumières !...

Illustre accusateur du clergé,

Allez donc voir Versailles avec la foule qui est encore

reconnaissante, et qui n'a pas encore renié son passé catholique, et quelles saintes émotions et quel enthousiasme divin vous éprouverez !

C'est que tout cela, c'est *nous*; tout cela, c'est la France ; et quelle France! mon Dieu ! Ici, c'est la France qui naît, la France qui n'est encore qu'un peuple sans patrie, et qui combat pour vaincre les Bourguignons à Tolbiac, les Visigoths à Vouillié. Puis, la France déjà royaume, qui dispute l'Europe à l'Afrique, et qui engraisse les plaines de Tours du sang de cent mille cavaliers arabes. Puis, la France de Charlemagne, ou plutôt l'Europe qui devenait France ; et celle qui, dans Paris, résistait par l'épée d'Eudes à l'invasion normande, cette hydre qui se traîna sans cesse du Nord au Midi, et à laquelle Louis XII avait tranché vainement trente mille têtes à la bataille de Jaucourt ; puis la France des Croisades, avec son vieux comte de Toulouse, qui faisait une bride à son cheval de bataille du lacet que le Sultan lui envoyait pour l'étrangler. La France de Philippe-Auguste et de Saint-Louis se couronnant à la fois de palmes et de lauriers, combattant pour le Christ et combattant pour elle ; et puis, cette France écrasée et soutenant sa grande lutte avec l'Angleterre ; la malheureuse France de Charles V et de Charles VII, déchirée, pantelante et perdue jusqu'à ce que Dieu daignât lui envoyer une *Vierge* pour lui donner la victoire et l'indépendance, comme il en avait envoyé une au monde pour lui donner le Christ et la liberté.— Et si vous marchez toujours dans cette histoire, vous trouverez la France à Naples avec Charles VIII, la France à Marignan avec François Ier, au pas de Suze avec Louis XIII, sur le Rhin avec Louis XIV, à Fontenay avec Louis XV ; — vous trouverez la France à Jemmapes avec la république ; avec Napoléon, vous la trouverez partout; partout glorieuse et brave, même à cette grande défaite couronnée de lauriers comme une victoire, et qui s'appelle Waterloo, et où Napoléon laissa tomber son épée de sa main et une larme de ses yeux ; car il avait été vaincu et trahi.

Et à côté de cette large et magnifique histoire, après ces vastes tableaux, où la France joue le premier rôle, si vous en voulez connaître tous les acteurs, les voici : là, ce sont tous les rois avec leur sceptre ; là, tous les connétables avec leur épée ; là, tous les maréchaux avec leur

bâton de commandement; puis, tous les guerriers célèbres, d'abord sur la toile, puis ailleurs sur le marbre ; et
ici, parmi les tombeaux, de grands seigneurs et de grandes dames, sculptures agenouillées et couchées ; debout
au-dessus de tous, les illustres soldats morts sur le champ
de bataille, ceux-là ayant une belle place de faveur comme ils ont eu une mort de faveur; car c'est une belle
chose que de mourir sur le champ de bataille, quand on
a été soldat.

Commines, à genoux devant la porte de ce beau Musée,
vous avertit qu'il faudrait à chacun un historien. Et l'on
a entouré tout cela d'or et de porphyre. Mais l'eût-on fait
avec l'impôt du peuple que nous en serions tous recon-
naissants. Cependant, moi qui suis du peuple, je vois
beaucoup de gentilshommes parmi toutes ces images ap-
pelées à la grande revue de la gloire française, mais que
m'importe? car j'ai trouvé Fabert à côté de Turenne, et
Colbert avant le duc de Bourbon.

Monsieur Victor Hugo,

Si Frédéric Soulié, ce génie qui s'est éteint en 1850, et
que la religion catholique revendique comme l'un de ses
enfants, mort avec les sacrements de l'Eglise, si ce poète
a été reconnaissant envers le passé catholique des laïques
qui nous doivent ce qu'ils sont, pourquoi, vous qui avez
prononcé un si beau discours sur sa tombe, n'auriez-vous
qu'une mémoire aussi courte que celle d'un ingrat?
Qu'est-ce donc que le XIXe siècle auprès des siècles du
passé catholique ? qu'êtes-vous vous-même auprès de
Racine?

L'homme est ainsi fait, qu'il jalouse ce qu'il devrait
imiter, et calomnie ce qu'il ne peut égaler! heureux encore
lorsqu'il ne détruit pas les œuvres du passé dans un accès
de colère hautaine, pour qu'il ne reste plus rien de grand,
qui humilie sa petitesse et trouble son orgueil ! Pour moi,
je suis persuadé que ce mépris et cette détractation du
passé tiennent à une cause profonde, qui parle mal en faveur
de la nature humaine, dont nous ressentons tous les profondeurs de la déchéance. Il est naturel que l'homme,
ennemi du joug de Dieu, et ne voulant relever que de lui-
même, pour n'avoir plus à rougir de ses mauvais penchants
et de ses mauvaises actions que la justice éternelle doit

punir, renie tout le passé des peuples ; parce qu'il y voit Dieu, l'antique des jours, et la religion, cette mère qui veille sur le berceau des peuples et des individus.

Je n'ai vu que cinq fois Paris, la capitale des arts et des sciences, des grands monuments et des grandes merveilles, (et une fois Versailles!), et je me suis dit en moi-même : Paris est grand! Versailles est grand! car le *passé* y apparaît à chaque pas avec toutes ses croyances et toutes ses gloires! Mais si le socialisme s'établit à Paris et à Versailles, on dira un jour, en visitant ces grandes cités : « Comme nos pères étaient *ignorants*, lorsqu'ils écoutaient le *clergé catholique!* » Il ne reste de quinze siècles aucun monument!!! »

En effet, le 93 du xixe siècle aura passé par-là.

Au ve siècle de l'ère chrétienne, lorsque des femmes et des mères allaient demander à tous les échos de la solitude leurs maris et leurs enfants, le voyageur qui les rencontrait près des ruines des villes et des bourgades, s'écriait tristement : « Attila, le fléau de Dieu, a passé par ces lieux ! »

Au contraire, Monsieur, lorsque vous voyez des villes comme Rome, Florence et Paris, des églises comme Saint-Pierre de Rome et Notre-Dame de Cologne, des monuments comme le Vatican, le Louvre, les Tuileries et Versailles, vous pouvez dire hardiment : le clergé catholique a fait tout cela et les peuples aussi : *Pertransiit benefaciendo!*

Vous pouvez du reste fouiller le sol qui a porté le grand peuple catholique de France, et vous y trouverez de nombreux monuments de sa dégradation et de ses antiques superstitions, avant le baptême de saint Remi, archevêque de Reims. Des statues, des temples, des autels et des instruments, à l'usage des sacrifices, que l'on a découverts à différentes époques, sont d'irrécusables témoins de la dégradation morale des anciens Gaulois. Ce sont autant de médailles, sur lesquelles on lit cette inscription : « Ici a régné le paganisme avec ses mœurs dissolues et ses sacrifices barbares. »

Aujourd'hui, la France entière est une médaille, sur laquelle on lit cette inscription : « Ici a régné le catholicisme avec ses mœurs pures et célestes, et avec son sacerdoce bienfaisant et instruit! » Il serait donc à désirer que les écrivains actuels eussent au moins la vertu de reconnaissance envers le passé ; car c'est au passé que nous devons tout, langue, génie, vertu, gloires, législations, sciences, rédemption et salut !

Pourquoi donc se mettre dans la triste nécessité d'insulter et d'injurier tout le passé, en insultant et en jalousant le clergé catholique ? Tous les grands génies du passé ressemblent aux grands fleuves qui, grossis du tribut de mille rivières et de mille sources, vont se jeter majestueusement dans l'abîme de la mer : eux, ces génies pacifiques et guerriers du passé, enrichis des hommages des génies ordinaires, fiers de ce majestueux tribut, font leur entrée dans l'océan de l'éternité, dans Dieu, créateur et rédempteur. Et vous, poète socialiste, vous osez aller les attaquer jusque dans le sein de Dieu même ! Cette audace sacrilége n'est pas digne de la noblesse de votre âme ; elle est digne de satan, qui n'a pu supporter qu'Adam vécut heureux et grand, lorsqu'il eût tout perdu...

XIV.

L'éloquence du Prêtre catholique l'emporte infiniment sur toutes les éloquences du monde.

Illustre tribun,

La réputation d'homme éloquent est devenue l'objet d'une ambition effrénée, depuis que la démangeaison de parler et de déclamer à la tribune, sans réfléchir, est devenue une nécessité politique. Il n'y a pourtant rien qui fasse aussi bien prospérer les peuples comme des bonnes actions ; et les paroles, qui ne sont pas suivies d'actes, n'ont que l'efficacité du vent qui s'évanouit. Aussi, le monde entier a dit que c'était le cœur qui faisait l'homme éloquent ; *pectus est quod disertos facit* : voilà pourquoi le prêtre catholique est le plus éloquent des hommes, et que dans nos campagnes, les paysans entendent, tous les dimanches, des Chrysostômes champêtres plus éloquents que Démosthène, Mirabeau, et même O'Connel !

L'éloge qui sortirait de ma plume à ce sujet pourrait

vous paraître suspect ; il est donc plus convenable que nous fissions parler M. Cormenin sur ce sujet.

« A la voix du prédicateur la conscience s'épouvante, le frisson court de veine en veine, le crime s'agenouille, le remords s'éveille ; le prédicateur alors, se penchant du haut de la chaire, prend toutes ces âmes entre ses mains, il les effraie et les rassure ; il les précipite et il les ranime ; il les entraîne tour à tour de la crainte à l'espérance et de la vie au néant ; et, après les avoir rassemblées et confondues, il les suspend toutes, comme des anneaux mystérieux, à cette chaîne d'or qui unit la terre au ciel. »

Et plus loin :

« Le prédicateur est maître de son sujet, et ce sujet est magnifique comme la création, sublime comme Dieu, infini comme le temps ; il n'est borné ni par les montagnes ni par les mers. Il descend dans les profondeurs de l'Océan pour y interroger la végétation obscure du plus petit coquillage. Il monte au-dessus des nuées dans les palais du ciel, tout resplendissant de lumière et tout peuplé de séraphins harmonieux. Il foule à ses pieds la poussière des siècles et des mondes, et de sa verge prophétique, il chasse devant lui les générations, qui n'ont pas encore vu le jour. Une fleur des champs que le vent arrache de sa tige dans un valon solitaire, un volcan qui retombe en laves de flammes sur les toits d'une cité, un enfant qui meurt, un trône qui s'écroule, rien n'est étranger à l'éloquence sacrée. »

« Mais, ce qui pour le prédicateur est plus inépuisable que la nature, ce sont les mystères de la religion et les secrets plus incompréhensibles encore peut-être du cœur humain. Quels trésors ! quelles grandeurs ! quels sujets ! Soit qu'armé de la parole de Dieu, il commande aux orgueilleux l'humilité, aux haineux le pardon des injures, aux égoïstes l'amour de leurs frères ; soit qu'il traîne les âmes épouvantées au bord des abîmes sans rivages et sans fonds de l'éternité, qu'il les y suspende et qu'il les y plonge ; soit qu'il les ramène de la nuit des tombeaux, qu'il les ravisse sur les ailes de son éloquence, et qu'il leur ouvre les arcades du firmament ; soit qu'il torture les consciences mauvaises et qu'il les pique avec la pointe du remords ; soit qu'il dise aux malheureux : « Espérez ! » et aux petits enfants : « Aimez-vous les uns les autres ! »

Monsieur Victor Hugo,

Le spirituel Timon va maintenant faire la comparaison entre l'orateur chrétien et l'orateur de la tribune, et vous verrez que le rôle que vous prétendez jouer à la tribune, est très dangereux et inférieur à la mission des prêtres, que vous traitez d'ignorants :

« L'orateur de la tribune déchire l'outre des passions, pour en faire sortir les vents et les orages. Tantôt il étalera, devant le peuple et les soldats, la tunique ensanglantée de César. Tantôt il évoquera l'ombre de Napoléon. Tantôt il poussera les peuples contre les peuples. Tantôt il découvrira le sein nu de la patrie et il ouvrira ses plaies palpitantes, et ce sera son triomphe, si des bras tendus se lèvent, si des cris de guerre l'interrompent, si les visages s'enflamment d'une subite rougeur, si les glaives brillent et sortent de leur fourreau, et si, quand il crie vengeance, un écho de voix éclatant, immense, indéfinissable, roule dans l'espace et répète :

« Vengeance ! vengeance ! »

« L'orateur chrétien embrasse dans son amour tout le genre humain. Il se baisse pour laver les pieds des pauvres, pour relever les suppliants, pour toucher les plaies hideuses des infirmes. Il réchauffe à son foyer les proscrits poussés par la tempête des révolutions sur le rivage. Il se dépouille de sa robe pour les couvrir. Il se jette entre les hommes de guerre. Il a horreur du sang. Il ne se préoccupe pas de la différence des intérêts, des alliances, des langues, des climats, des couleurs, de l'étendart, des nuances de la peau, ni même de ce que la vanité appelle gloire. — Il ne voit dans les malheureux que des frères, dans les étrangers, comme dans ses concitoyens, que des enfants également chers à Dieu, et dans le ciel, que la patrie commune de tous les hommes. Et tandis que l'enthousiasme et les acclamations du peuple décernent des palmes à l'orateur de la tribune, pour avoir peut-être provoqué l'incendie des villes, l'explosion des vaisseaux et des citadelles, le massacre des femmes, des vieillards et des enfants, le pillage des classes publiques, le renversement des institutions et des lois, les contributions de guerre, les ruptures des douanes, les confiscations directes ou déguisées ;—l'orateur *chrétien*, ce pacifique apôtre, descend

de sa chaire et se dérobe, laissant à ses auditeurs, pour
dernière exhortation, ces mots :

« Aimez-vous, faites le bien pour le mal et priez le Père
céleste ! »

Illustre accusateur du clergé,

Tel est le prêtre catholique, l'homme éloquent par excellence ; car ce ne sont pas chez lui des paroles ; mais ce
sont des actes pratiques. — Or, ces magnifiques paroles
vous ont-elles touché et remué jusque dans le fond de
l'âme ? Pour moi, je vous avoue avec ingénuité que goûter
et savourer ces paroles, aimer Dieu et mon prochain, faire
le bien pour le mal, et prier le père céleste pour les pécheurs
et les méchants, c'est ce qui fait mon bonheur !

XV.

Des esprits éminents ont prouvé que les Papes catholiques ont créé et créent encore toutes choses en Europe.

Monsieur Victor Hugo,

On ne voit aucun laïque hottentot, caffre, iroquois,
nègre, groenlandais, esquimau et sauvage traiter d'ignorants les prêtres de leur nation. C'est là un phénomène
historique que je livre aux méditations des sages et des
éclectiques. A quoi donc attribuer cette réserve des peuples
non chrétiens ? Ne pourrait-on pas voir en cela une preuve
irréfragable de votre injustice à notre égard, puisque,
nous prêtres catholiques, nous avons assez d'esprit et de
science pour faire des ingrats par l'abus du génie national ?

Aussi, il est heureux de rencontrer dans nos adversaires
des apologistes, qui fassent rougir de honte des catholiques infidèles, qui nous doivent tout, et qui oublient de le
reconnaître. Tels sont les savants protestants, appréciateurs
de la grande et sainte influence des papes pour la science
et la liberté : Henri Luden, Frédéric de Raumer, Hurter,
Vegt, Stenzel, Léo, Mentzel, Ancillon, Cobbett, Roscoe,
Ert, Berington, Walter Scott, Michelet, Sismonde de Sismondi, et enfin Guizot, qui est catholique par son bon sens,

et reste protestant par orgueil, et qui, s'il meurt dans cet état, n'aura que le plaisir malheureux et funeste d'avoir *protesté* contre Dieu et sa religion universelle ou catholique.

Oui, le passé catholique irrite et tue les hommes qui, abusant de leur liberté ici-bas, n'ont que le mérite de se damner. Ce n'est pas la conduite que tient à l'égard de la papauté M de Laurentie, philosophe à grandes idées.

« La papauté, s'écrie-t-il, a non seulement conservé l'Église, mais constitué même les états chrétiens : république et monarchie, elle a tout fait en Europe, selon les convenances et l'utilité de chaque région et de chaque siècle. La papauté a rendu le christianisme pratique, non seulement pour les particuliers, mais pour les peuples. La papauté enfin *a été tout l'élément de la civilisation moderne;* et bien qu'il y ait des temps, où son action soit moins manifeste, il n'en est pas moins vrai qu'elle ne pourrait jamais totalement disparaître, sans laisser le monde dans un grand désordre. »

« Les hommes sont ingrats et oublieux ! Comme il y a dans cette fonction papale quelque chose d'austère, qui importune les vices et l'orgueil, on ne peut pas voir ce qu'elle a de grand, d'auguste et de protecteur. Encore ne faudrait-il pas désavouer l'histoire. La papauté se montre à nous pendant dix-huit siècles avec un caractère de bienfaisance universelle, qui devrait faire tomber à ses genoux les nations entières. La papauté a relevé l'homme de son humiliation extérieure, comme le Christianisme l'avait relevé de sa déchéance morale. Dès le commencement, elle représente devant les tyrannies impériales la dignité des peuples ; elle semble d'abord n'avoir qu'un ministère de prière et de sacrifice ; bientôt elle relève son ministère de liberté ; elle s'interpose entre les oppresseurs et les esclaves. Elle ne craint pas les coups pour elle-même ; mais elle les détourne de la tête des nations. Elle se fait suppliante et menaçante tour-à-tour pour désarmer les bourreaux. et les bourreaux s'arrêtent et s'étonnent à son aspect. Elle ne provoque pas aux révoltes, mais, elle jette dans toutes les âmes je ne sais quoi de grand et de nouveau, qui dompte les dominations. Tel est son premier effet. »

» Puis, lorsque la papauté s'établit d'une façon plus

visible, au milieu des peuples, par suite d'une donation politique qui consacre son existence extérieure, son action devient régulière ; elle se trouve naturellement mêlée à tous les conflits des nations et des rois, et chacun accepte l'autorité souveraine qui, dès ce moment, se montre en elle. Nous avons vu d'étranges philosophes s'en venir, après dix siècles, contester à la papauté ce droit d'intervention dans les affaires mondaines, lui faire un crime de son action toute puissante, et lui jeter le sarcasme et l'anathème, pour avoir, disaient-ils, méconnu l'objet tout humble et tout pacifique du Christianisme ! Etranges philosophes, en vérité ! Mais pourquoi ne se mettaient-ils pas tout aussi bien à reprendre les peuples en masse pour s'être précipités d'eux-mêmes aux pieds de ce pouvoir ? N'était-ce pas justice ? La papauté, dans le cours du moyen-âge, ne fit que ce que la volonté des temps exigeait qu'elle fît ; rois et sujets, princes et citoyens, grands et petits, *les petits surtout*, tous couraient à cette suprême puissance, comme à la seule règle souveraine de l'équité. »

Illustre accusateur public,

Voilà ce qu'a fait le clergé catholique pour la liberté et la grandeur des peuples dans la personne de *ses chefs suprêmes*, les papes, ces phares lumineux des ·nations, les créateurs de toutes les nationalités, les défenseurs nés de tous les droits et de tous les devoirs.

Sans les papes, le monde se fût abîmé cent fois dans l'anarchie ; et les peuples, ces grandes masses foulées par l'ambition des rivaux, les peuples que devenaient-ils sans les papes ?

« Rome chrétienne, dit Châteaubriand, a été pour le monde moderne ce que Rome païenne fut pour le monde antique : *le lien universel. Cette capitale* des nations remplit toutes les conditions de sa destinée, et semble véritablement la ville éternelle. Il viendra peut-être un temps où l'on trouvera que c'était pourtant une grande idée, une magnifique institution que celle du trône pontifical. Le père spirituel, placé au milieu des peuples, unissait ensemble les diverses parties de la chrétienté. Quel beau rôle que celui d'un pape vraiment animé de l'esprit apostolique! Pasteur général du troupeau, il peut ou contenir les fidèles dans le devoir ou les défendre de l'oppression. Ses états, *assez grands* pour lui donner de l'*indépendance, trop petits* pour qu'on ait rien *à craindre* de ses efforts, ne lui laissent que la puissance *de l'opinion ; puissance admirable*, quand elle n'embrasse dans son empire que des œuvres de paix , de bienfaisance et de charité ! »

« Le mal passager, ajoutait l'écrivain immortel, que quelques mauvais papes ont fait, a disparu avec eux ; mais nous ressentons encore tous les jours l'influence des biens *immenses* et *inestimables* que le *monde entier* doit à la cour de Rome. Cette cour s'est presque toujours montrée supérieure à son siècle ; elle avait des idées de *législation, de droit public ;* elle connaissait *les beaux-arts, la science, la politesse*, lorsque *tout* était plongé dans les ténèbres des institutions gothiques; elle ne se réservait pas *exclusivement* la lumière ; elle la *répandait* sur tous ; elle faisait tomber les *barrières* que les préjugés élèvent entre les nations ; elle cherchait à *adoucir* nos mœurs, *à nous tirer de notre ignorance, à nous arracher à nos coutumes grossières ou féroces.* Les papes, parmi nos ancêtres, furent des *missionnaires des arts*, envoyés à des *barbares,* et des législateurs chez *des sauvages.* »

« C'est donc une chose assez généralement reconnue que l'*Europe* doit au saint siége sa *civilisation*, une partie de ses meilleures *lois,* et presque *toutes ses sciences* et *ses arts* (1). »

« Quoi, s'écrie Laurentie, il a passé sur le globe des destructeurs qui sont venus droit à Rome pour y planter la barbarie, et les destructeurs, après l'avoir pillée, volée, incendiée, n'ont pu lui ôter cette fécondité mystérieuse qui vivifie la parole du poète : *Merses profundo pulchrior evenit.* Ce hasard n'est-il pas semblable à un miracle ? Ou bien, il a paru en d'autres régions des conquérants qui faisaient trophée des arts étrangers et espéraient les vaincre

---

(1) *Génie du Christianisme*, IV⁰ partie, livre 6.

par la magnificence de leur imitation, et ils n'ont pu empêcher le génie humain de reprendre *la route de Rome, cet éternel pélérinage* de toute grandeur et de toute poésie. Qu'est-ce que cette impuissance devant l'*humble* inspiration d'un *vieux prêtre*, dont la philosophie se moque tant qu'elle peut? Pour moi, je n'y entends rien. »

Monsieur Victor Hugo,

Pour vous, y comprenez-vous quelque chose? verriez-vous en cela l'inspiration de Napoléon en 1806 et de Mazzini en 1848?

« Ne parlons pas des autres siècles, ajoute M. Laurentie, ne parlons pas de Charles-Quint ou de François Ier; nous avons vu de nos jours un terrible protecteur des beaux-arts ramasser dans toute l'Italie, et non seulement dans toute l'Italie, mais dans le monde entier, tout ce qu'il trouva sous sa main ou sous son pied d'œuvres du génie antique, et les amonceler dans sa capitale comme un brillant chaos. Cette fois Rome était vaincue ou devait l'être ! Point du tout. Les arts ont naturellement repris leur vol vers la papauté, et nos esprits forts d'académie, nos sculpteurs, nos peintres, nos architectes *matérialistes* s'en vont comme devant consulter le Dieu qui fait la *poésie* comme il fait tout le reste. La papauté n'a fait aucune révolution pour cela; elle est seulement restée à sa place. *C'est qu'il y a dans le christianisme*, et d'abord *au centre* du christianisme, quelque chose qui appelle *à soi* l'intelligence; et si la papauté n'est pas ici-bas pour servir de règle aux créations de l'art, il ne dépend pas d'elle de n'y pas être pour représenter l'action éternelle de la pensée divine sur tout ce qui est une expression de la pensée humaine. Si la papauté n'était autre chose que la royauté élective d'un vieux prêtre que le premier conquérant venu peut précipiter, ce semble, Rome ne serait pas plus le rendez-vous du génie de tous les pays du monde que ne l'est Alexandrie ou Athènes. »

Il est donc bien vrai, M. Victor Hugo, ce vers du grand poète :

Rome n'est plus dans Rome, elle est toute où je suis!

Et de qui peut-on dire cette chose étrange? du pape, ce dernier et éternel romain ! ! !

Châteaubriand, le sublime auteur du génie du christianisme, n'a-t-il pas recueilli cette vérité dans les cendres des autels et dans le sang des échafauds, lorsqu'il s'écrie :

« Dans les commotions publiques souvent les papes se montrèrent comme de très grands princes. Ce sont eux qui, en réveillant les rois, sonnant l'alarme et faisant des ligues, ont empêché l'*occident* de devenir la proie des Turcs. *Ce seul service* rendu au monde *par l'Eglise* mériterait des autels. »

« Des hommes indignes du nom de chrétien égorgeaient les peuples du nouveau monde, et la cour de *Rome* fulminait des bulles pour prévenir ces atrocités. L'esclà était reconnu légitime, et l'*Eglise* ne reconnaissait point d'esclaves parmi ses enfants. »

« S'il existait au milieu de l'Europe un tribunal qui jugeât, au nom de Dieu, les nations et les monarques, et qui prévînt les guerres et les révolutions, ajoute ce même auteur, ce tribunal serait le chef-d'œuvre de la politique et le dernier degré de la perfection sociale. Les papes, par l'influence qu'ils exerçaient sur le monde chrétien, ont été au moment de réaliser ce beau songe (1). »

Illustre poète,

Si vous n'étiez pas un génie d'un bon sens rare et profond, je tâcherais encore de vous convaincre, par d'autres autorités savantes, que ce sont les papes qui ont créé et créent encore toutes choses en France et en Europe. Mais je laisse là Michaud, Demaistre, de Bonald, et tant d'autres génies dont les pages éloquentes de leurs ouvrages réfutent victorieusement les calomnies que vous avez lancées contre nous, le 16 janvier 1850, dans votre discours doublé de voltairianisme et de socialisme ; et je veux rendre hommage à l'émule de Fénélon, à l'arche-

____

(1) *Génie du Christianisme*, chapitre II.

vêque de Cambrai, en citant une de ces pages prophéti-
ques, bien propres à vous éclairer et à vous émouvoir,
si vous n'êtes pas encore du nombre de ceux qui ont
abusé des dons de Dieu.

« Vous demandez ce que font nos prêtres, vous crie
monseigneur Giraud ? »

Le voici : « Tandis que vos procédés ingénieux et l'application des vos théories savantes tiansforment les
machines en hommes et les hommes en machines, les
prêtres, les pasteurs, dispersés sur tous les points du territoire, s'occupent à former des êtres moraux, religieux,
sociaux. A mesure que naissent et se succèdent les générations, ces générations passent devant eux, et *ils ver-
sent* sur elles la vérité. Tout ce qu'il y a de croyance
religieuse, d'idées morales, de sentiments du beau,
du juste et de l'honnête, de notions précises, de
droits et de devoirs *dans les masses populaires*, elles
le tiennent de cette première initiation. *Il ne vous ser-
virait* à rien de dire qu'elles peuvent aussi en être redevables à la société, à l'éducation privée ou publique, aux
lumières naturelles de la raison. Vous ne ferez que reculer la question sans la résoudre ; car la raison, qui est-
ce qui l'éclaire ? Et la société, *et vous-même*, qui parlez
en son nom, de qui avez vous reçu ces idées, ces notions,
ces principes ? Et, ce que vos écoles en conservent encore,
où l'ont-elles puisé ? *Les voyez-vous* éclore spontanément
dans la raison des Caffres, des Hottentots ? *Les voyez-
vous* transmises par l'éducation chez les Groënlendais et
les Esquimaux ? Les voyez-vous germer et fleurir dans
les sociétés du Caucase et du Thibet ? »

CE QUE FONT NOS PRÊTRES?

« Le catéchisme à la main, ils enseignent aux pauvres
la résignation, aux favoris de la fortune la modération et
la compatissance ; ils forment des enfants dociles et res-
pectueux envers les auteurs de leurs jours, des maîtres
humains, des serviteurs fidèles non par un motif de
crainte, mais *par un principe de conscince* ; ils forment des sujets paisibles et soumis aux magistrats ;
parce qu'ils savent que *tout pouvoir vient d'en haut*,

et que celui qui résiste *au pouvoir résiste à la volonté de Dieu.*

« Ils forment des citoyens éclairés et religieux qui, en rendant fidèlement *à Dieu ce qui appartient à Dieu*, n'en apprennent que mieux à payer le double tribut de l'or et du sang qu'ils doivent à l'État, en retour de la protection accordée à leurs droits et de la sûreté garantie à leurs biens et à leurs personnes.

» *Voilà ce que font les prêtres.* Ils posent les fondements de l'ordre public, ils en soutiennent les colonnes et *conjurent les orages*, qui menacent de les *ébranler.* Parce que cette tâche est obscure, qu'elle se poursuit dans l'ombre et à l'écart, loin de ces *scènes brillantes* qui attirent les regards et appellent les applaudissements, *vous daignez* à peine en tenir compte. Parce que les générations vous arrivent *ainsi toutes formées, toutes saturées* de vérité, *toutes pénétrées* de l'élément divin, vous ne prenez pas garde *à la main* qui a préparé ces résultats. Mais *essayez* de supprimer cet essentiel et premier enseignement, *seulement* durant une période de 25 ans. *Ayez seulement* une génération, grandie sans la parole *du prêtre, du catéchiste,* ou, pour mieux dire, sans la parole que Dieu a placée sur leurs lèvres, une génération sans idée d'un Dieu créateur, sauveur, rénumérateur et vengeur, une *seule* génération sans conscience et sans foi, sans autre loi que *vos lois*, sans autre juge que *vos juges,* sans autre terreur de l'avenir que la menace de *vos arrêts* et l'appareil de *vos supplices,* et, toutes les portes étant ouvertes à leur impatience, *voyez* quelles passions vont se ruer, quelles tempêtes elles vont soulever, quels abîmes elles vont creuser, et *quels monstres nouveaux* vont sortir des entrailles d'une *nation athée* pour *déchirer* leur mère et *s'en disputer* les lambeaux.

Ici une cruelle et a jamais déplorable expérience a été faite, et qui ne frémirait à la seule idée de la voir recommencer ! »

Illustre accusateur du clergé catholique,

Avez-vous remarqué tout ce qu'il y a de prophétique

dans ces dernières paroles? et faudra-t-il encore un 93 pour prouver au monde que nos lèvres sont les dépositaires de la science et de la vérité, et que nos cœurs sont remplis du feu de la charité et du zèle du dévouement et du sacrifice?

C'est donc un fait *incontestable* et *constaté* que sans le clergé catholique, vous auriez des temples éternels de Vénus, de Mars, de Jupiter comme en Chine, dans les Indes et chez les sauvages, et des éternels 93 comme en France! Sans le clergé catholique, vous auriez des repas de chair humaine, des sacrifices humains, des Lupercales, des droits de vie et de mort sur les enfants, des ventes de femmes comme en Turquie et même en Angleterre, des bûchers de Néron, des noyades et des mitraillades d'hommes par Robespierre ; enfin la Fance deviendrait l'Océanie ou la Nigritie ! et c'est là où nous allons sans un miracle de la Providence, grâce à la divinisation de la raison purement individuelle, grâce au mépris de Dieu, du Christ, du Décalogue, de l'autorité, du sacerdoce, et grâce à la glorification de la cupidité, de l'orgueil et de la volupté.

De grands évènements se préparent, et Dieu fera voir encore une fois que *lui seul* et non la *Presse* gouverne le monde. Déjà, l'Église véritable est attaquée de toutes parts. En Piémont, c'est un ministère révolutionnaire qui tue son roi en pensant tuer le pape et les jésuites. En Angleterre, c'est le protestantisme fanatique sorti du ventre de Henri VIII, qui craint Dieu et un chapeau de cardinal ; en Suisse, c'est la tourbe libérale qui chasse les prêtres et les religieux catholiques du Mont-Saint-Bernard ; à Rome, c'est l'écume des nations; en France, c'est le socialisme qui aide le diable !!!

France, France, ô ma patrie, ô le plus beau pays du monde après l'Italie, France, quel est ton avenir ? Dieu le sait... Et si aujourd'hui tout le monde pressent dans sa conscience et dans les décrets de Dieu un avenir, qui n'aura jamais eu de modèle dans les annales des nations, il faut savoir s'y préparer, et l'attendre avec courage et avec quelque confiance dans le Dieu de miséricordes!

Le dernier mot n'est pas encore dit sur la France ; et ce

ne sera que par des châtiments sans exemple qu'elle se résignera à revenir franchement à Dieu et au respect de ses lois et de l'autorité. Nous sommes encore en pleine révolution, et c'est la continuation de 93. En effet, d'après M. Lamartine, dans son *Résumé politique*, la révolution de France a été le tocsin du monde; elle a été le signal de son bouleversement désastreux, et l'on pourrait dire, une espèce de second péché originel. Les hommes voulurent corrompre la constitution primitive de la religion, et ils virent les effets de leur témérité dans les désordres, les dérèglements, les troubles qui agitèrent la société; cela prouve que tant que les choses demeurent dans le cercle et dans les *limites* que Dieu leur a fixées, la tranquillité règne dans le monde. Dieu est donc l'auteur de *la religion*, compagne inséparable de l'ordre et de la paix. »

Mais, me répondrez-vous, M. de Lamartine est bien changé, depuis qu'il a écrit ces lignes remarquables; et on peut lui appliquer ces paroles du poète: *Quantùm mutatus abillo!*

J'avoue, M. Victor Hugo, que les génies poétiques et romantiques de notre siècle ont le privilége d'être plus changeants que les grands poètes du siècle de Louis XIV. C'est là le tort de certains personnages importants, qui sont des caméléons politiques, sur lesquels le dernier mot n'est pas encore dit. Du reste, ce n'est pas notre faute; et je constate devant la France que nous n'y sommes pour rien. A chacun selon ses désirs et ses œuvres! A vous et à vos amis socialistes un avenir nouveau avec des rêves, des utopies, des impossibilités et des innovations transcendentales, progressives, phalanstériennes et charentonnières! A nous un grand passé de 18 siècles, qui aurait été plus parfait, s'il n'y avait eu que des anges et non des hommes dans ce vilain monde! A nous ce grand passé, qui répond d'un plus grand avenir? Aussi, je vais vous rappeler ce passé en quelques mots, et j'espère que désormais vous aurez, ainsi que les savants de notre siècle, plus de justice et de reconnaissance envers les prêtres catholiques qui, par les sacrements, le symbole, le décalogue et la prière, sont les seuls architectes des siècles qui ont de la valeur devant Dieu et devant les honnêtes gens.

XVI.

Ce n'est pas la faute du Clergé catholique si de grands esprits ont porté des éloges remarquables sur le passé catholique.

Illustre adorateur du *nouveau monde*,

La boussole de l'avenir est le passé ; et l'Ecriture a dit de consulter les anciens pour bien parler et bien agir. Comme je me fie plus à la voix de Dieu, à l'expérience des âges, aux leçons de 18 siècles de christianisme, qu'aux prophéties de Fourier et de Considérant sur le *nouveau monde*, je reporte souvent mes regards et mes réflexions dans le passé pour devenir sage et savant, et je rends justice et respect à tous mes pères, qui sont encore pour moi ; car ils vivent dans mon cœur et dans le sein de Dieu, en attendant le jugement dernier.

Faisons donc revivre ces siècles géants du passé, par les éloges que des esprits éminents ont portés sur leurs grands acteurs qui furent catholiques ; et prenons la sainte résolution de ne plus traiter les prêtres d'ignorants, eux qui furent en tous temps les ambassadeurs et les ministres de la divinité pour toutes choses.

Eh bien ! je vous le demande, Monsieur, est-ce notre faute si M. Tissot a porté ce jugement sur Montaigne, *bon catholique*, auteur des *Essais*, qu'il publia en 1585 (*remarquez cette date*). « Cet ouvrage est l'un des plus beaux et des plus utiles dont le génie ait fait présent à la science du cœur humain. *Ni Tacite ni aucun moderne* n'égalent l'auteur des *Essais* dans la connaissance de l'homme ; personne ne l'a peint avec plus d'exactitude et de bonne foi ? »

Est-ce notre faute, si Châteaubriand a prononcé cette grande parole sur Pascal, après une énumération magnifique de son talent et de ses œuvres : « *Cet effrayant génie se nommait Blaise Pascal ?* »

Or, il vivait dans le xviie siècle : *remarquez cette date.*

Est-ce notre faute, si Voltaire proclamait l'Arioste le plus grand des poètes modernes, et s'il a dit ces paroles sur son *Roland furieux* : « Que l'on mette sans préjugés dans la balance l'*Odyssée* d'Homère avec le *Roland* de l'Arioste, l'*Italien* l'emporte à tous égards ? »

Or, il vivait dans le xvie siècle ; *remarquez cette date.*

Est-ce notre faute, si M. Tissot s'est ainsi exprimé sur *Michel-Ange,* architecte, sculpteur et peintre :

« Il eut du génie comme Homère et Phidias, et ressembla quelquefois à Dante et à Shakespaere ? »

Or, il vivait dans le xvie siècle ; *remarquez cette date.*

Est-ce notre faute, si l'on a dit du sublime Dante :

« Il n'est pas seulement le père de la poésie italienne ; il est tout à la fois l'Homère et l'Hésiode de la théologie catholique qui n'a pas eu d'Eschyle, si ce n'est peut-être l'espagnol Calderon, trois siècles plus tard. Souverainement idéaliste, et pourtant à demi-barbare encore, et tourmenté comme ses damnés, Dante est à lui seul en poésie ce que furent après lui et par lui, dans les arts, Michel-Ange et Raphaël. — Bourreau ! s'écriait Raphaël frissonnant d'admiration et d'horreur en contemplant le *Jugement dernier,* peint par Michel-Ange, je peindrai le ciel ! »

Or, ce sublime Dante avait peint et l'enfer et le paradis ! Ce puissant génie, qui frappa la terre d'Italie, comme Moïse le rocher, pour en faire jaillir avec une nouvelle langue une nouvelle poésie, vivait dans le xiiie siècle ; *remarquez cette date.*

Est-ce notre faute, si M. Ampère a dit :

« La fresque du *Jugement dernier* est un chant du Dante ? »

Est-ce notre faute, si M. H. Fortoul a dit de Raphaël :

« Cet artiste divin trouva si bien le point où le génie d'Athènes et celui d'Italie moderne se rencontraient, que ses œuvres feront à jamais l'étonnement et la gloire du monde? »

Est-ce notre faute, si Voltaire a ainsi exalté la basilique de Saint-Pierre de Rome : « C'est le plus beau, le plus hardi temple qui jamais ait été dans l'univers? »

Or, il fut commencé sous Jules II, *pape*, par le Bramante, dans le XVI⁰ siècle; *remarquez cette date.*

Est-ce notre faute, si Algorothi appela le Titien le Raphaël de l'architecture ?

Or, il vivait dans le XVIᵉ siècle; *remarquez cette date.*

Est-ce notre faute, si le président de Thou, le Tite-Live français, fut nommé par Bossuet *le grand*, *le fidèle historien*, et auteur d'une *Histoire universelle*, que Bayle a proclamé un chef-d'œuvre?

Or, il vivait dans le XVIᵉ siècle; *remarquez cette date.*

Est-ce notre faute, si Vauban s'est écrié dans l'enthousiasme de son génie, en voyant la voûte de la cathédrale de Coutances : « Quel est le fou sublime qui t'a lancée dans le ciel? »

Est-ce notre faute, si Napoléon s'est ainsi exprimé, en entrant dans la cathédrale d'Amiens : « Un athée (lisez *socialiste*) n'est pas ici à son aise?

Or, toutes ces grandes cathédrales catholiques ont été bâties dans le XIIIᵉ siècle ; *remarquez cette date.*

Est-ce notre faute si Voltaire, a prononcé ces paroles en faveur du clergé catholique : « Le règne seul de Charlemagne eût une lueur de politesse qui fut probablement le fruit du voyage de Rome? »

Or, Charlemagne vivait dans le IXᵉ siècle; *remarquez cette date.*

Est-ce notre faute, si Voltaire a nommé Massillon, l'auteur du *Petit Carême*, « le *Racine de la chaire?* » — Si Voltaire a dit de Ducange : « On est effrayé de l'immensité de ses connaissances et de ses travaux ? »

Or, ces deux esprits catholiques vivaient dans le xvii°
siècle ; *remarquez cette date.*

Illustre accusateur du passé catholique,

Est-ce notre faute, si Voltaire a dit de Racine, *bon et
fidèle catholique* : « Il est l'homme de la terre qui a le
mieux connu l'art de la versification ? » — Si Frédéric aurait préféré Athalie à la guerre de sept ans ; — si Laharpe
a fait cet éloge de ce grand poète : « Racine est celui de
tous les hommes à qui la nature avait donné le plus grand
talent pour faire de vers ; » — si l'on appela cet homme
l'émule de Corneille, *le Virgile tragique,* le prince des
poètes français, l'auteur du chef-d'œuvre de la scène,
Athalie ! »

Or, ce prince des poètes (vous-même y compris, M. Victor
Hugo), vivait dans le xviie siècle, créé par le prêtre Richelieu ; *remarquez cette date.*

Est-ce notre faute, si l'on a surnommé Bossuet l'*Aigle
de Meaux,* auprès duquel vous n'êtes même pas un
aiglon ? »

Est-ce notre faute, si Voltaire a appelé le bon *La Fontaine,* le poète de la nature, le plus simple des hommes,
et peut-être le plus grand phénomène de l'histoire littéraire ? »

Est-ce notre faute, que Bernardin de Saint-Pierre ait dit
un jour à Jean-Jacques Rousseau : « Si Fénélon vivait,
vous vous seriez fait catholique. Oh ! si Fénélon vivait,
s'écria le philosophe de Génève, les larmes aux yeux, je
chercherais à être son laquais pour mériter de devenir son
valet de chambre ? »

Est-ce notre faute, si Aimé-Martin a porté ce jugement sur
le *Télémaque* :

« Admirable ouvrage, le seul peut-être où soient venues
se fondre à la fois les inspirations poétiques et politiques
des deux plus grands génies de l'antiquité ; résumé sublime
de Platon et d'Homère, agrandi de l'amour du genre humain,
vivifié des flammes de l'Évangile ! Son effet le plus puissant
fut d'inspirer le goût de l'*agriculture* et de relever aux
yeux de la France le noble métier du *labourage* qui, suivant l'expression de Sully, *fait les bons soldats et prépare
les grandes nations ?* »

Est-ce notre faute, si **M. A. Vinet** a dit de Fénélon et de Bossuet : « L'un, plus artiste de nature et d'inclination, s'élève par l'émotion au-dessus de l'art; il n'atteint pas, il traverse le beau littéraire pour aller plus loin. Jamais il n'écrit pour écrire, sa grâce vient de l'âme, son onction est celle de l'amour, son originalité n'est que l'intimité de ses impressions morales, et son style, si l'on ose parler ainsi, n'a d'autre couleur que celle de la lumière. »

« L'autre se laisse emporter par son grave enthousiasme dans une région où, loin de songer qu'on est artiste, on oublie même s'il y a un art; mais, tout insoucieux qu'il est de littérature et de gloire littéraire, tour à tour controversiste, historien, théologien, politique, orateur, selon que le commande la grande cause qu'il sert, chez *nul écrivain* le génie ne déploie une plus étonnante vigueur, chez *aucun* la pensée ne jouit plus d'elle-même, ému le premier de ses propres conceptions, nul se porte de cîme en cîme avec une plus vive allégresse, nul n'a d'élans plus rapides et plus vastes. La langue se courbe avec respect sous le poids de cette grande pensée, et lui paie en innovations nécessaires le tribut le plus légitime? »

Est-ce notre faute, si **J. Chénier** a dit de ce Bossuet : « Si, du haut de la tribune populaire, Démosthène réveille la Grèce assoupie et tonne contre l'ambition d'un roi conquérant, du haut de la chaire évangélique et par moments du haut du ciel, Bossuet proclame le néant du trône et foudroie les grandeurs humaines? » Si La Harpe a dit de ce Bossuet : « Suivez de l'œil l'aigle au plus haut des airs, traversant toute l'étendue de l'horizon; il vole, et ses ailes semblent immuables : on croirait que les airs le portent; c'est l'emblême de l'orateur et du poète dans le génie sublime; c'est celui de Bossuet? »

N'est-ce pas Bossuet qui a dit de l'Académie, fondée par le prêtre Richelieu : « C'est un conseil souverain et perpétuel dont le crédit, établi sur l'approbation publique, peut réprimer les bizarreries de l'usage et tempérer les déréglements de cet empire trop populaire? »

Est-ce notre faute, si **M. A. Vinet** a dit de Massillon : « Peintre délicat du cœur humain, onctueux et tendre interprète de la vérité religieuse, aussi élégant que Fléchier, mais plus naturel; moins solide que Bourdaloue, mais plus persuasif, captivant l'esprit, le séduisant même quelquefois par le charme infini des détails ; — Massillon est le plus aimable et le plus attrayant des prédicateurs ; et l'exquise perfection de son *Petit-Carême* le place dans l'art d'écrire au premier rang des modèles de tous les pays et de tous les siècles ? »

Or, Richelieu, fondateur de l'Académie, (où vous avez monté de roc en roc pour siéger comme un rare homme sur le trône de la science, et où votre nom est juché pour toujours avec l'auréole de *Han d'Islande*),et Bossuet, Fénélon, Fléchier, Bourdaloue, Massillon, Mascaron et Mallebranche étaient des prêtres catholiques qui vivaient dans les xvie et xviie siècles ; *remarquez ces dates.*

Enfin, ô accusateur du clergé catholique, est-ce notre faute, si un savant a porté ce sévère jugement sur la littérature du xixe siècle (1) :

« Ce n'est pas dans notre littérature bâtarde, guindée,
» monstrueuse du jour, qu'on doit chercher des pendants
» de *Paul et Virginie*. En vain chercherait-on un reflet
» de cette naïve allure dans la littérature du xixe siècle,
» littérature bizarre, prétentieuse, boursoufflée, anar-
» chique, qui, n'apercevant pas dans ses champs arides
» *les germes du génie*, s'élance à leur découverte par sauts
» et par bonds, parvient quelquefois à franchir une bar-
» rière ; mais bientôt abasourdie par l'idée de son éléva-
» tion subite, tombe, fait de ridicules efforts pour se rele-
» ver, et ne se relève que pour sentir et s'apercevoir
» qu'elle est *boiteuse ;* elle veut continuer alors sa course
» et parcourt sa carrière clopin-clopant, aux sifflets de la
» raison et du bon sens. Cependant, au milieu de cette
» bagarre anti-littéraire, apparaissent deux hom-
» mes, etc., etc ...

» N'oublions point aussi *Victor Hugo*, coryphée de
» l'hérésie, de l'anarchie poétique, espèce d'Antonis lit-
» téraire, auquel on est tenté de crier comme déjà on l'a

---

(1) Il n'y comprend pas Châteaubriand, Demaistre, de Bonald et autres.

» crié à l'un d'eux : « D'où venez-vous, où allez-vous,
» que voulez-vous ? »

» *D'où il vient*, nous ne le savons pas mieux qu'il ne
» le semble savoir lui-même ; *où il va*, à l'éternité, disent
» ses séïdes ; à l'éternité, c'est possible ; mais de grâce,
» Monsieur, un peu plus d'humanité ; ne mutilez pas ainsi
» le sein de votre mère, la langue de l'immortel Racine,
» afin que l'éternel sache au premier coup d'œil d'où
» vous venez. *Ce qu'il veut*, nous en savons bien quelque
» chose ; mais que le génie de Boileau nous garde long-
» temps encore de *ce sans culottisme* littéraire ! »

Monsieur Victor Hugo,

Le jugement que ce savant a porté sur votre talent est si
dur, quoique vrai, qu'il y a là de quoi vous désespérer ; car,
boitant, clopin-clopant, orné du *sans culottisme littéraire*,
comment oseriez-vous jamais vous présenter, en pareil état,
dans la compagnie de Racine, de Corneille, de Boileau, de
Bossuet, de Fénélon et de Massillon, qui n'ont jamais eu
l'idée biscornue de coiffer la lune, comme vous, je ne sais
avec quel bonnet.... socialiste.

A quelle cause donc faut-il attribuer ce mauvais goût,
cette littérature anarchique, cette décadence des lettres ?
Ah ! il faut bien le reconnaître, quoiqu'il nous en coûte ; si la
vanité poétique, si l'égoïsme humain ont acquis, à notre
époque, des proportions démesurées ; s'il a été réservé à
nos contemporains d'assister à ces développements monstrueux d'une orgueilleuse individualité, vrais phénomènes moraux, qu'il peut être salutaire au philosophe d'étu-
dier de près, c'est que toutes les conditions de hiérarchie
civile, d'équilibre social ont été brusquement supprimées
parmi nous ; c'est qu'à force de vouloir niveler le terrain,
nous avons fini par ruiner toutes les traditions, toutes les
doctrines d'une société régulière, et qu'il suffit aujour-
d'hui d'élever un peu la tête au-dessus du vulgaire pour
voir aussitôt tous les fronts humiliés devant vous ; c'est
que le génie comme toutes choses s'est vendu comme
une marchandise, et que le désir de faire de rapides et de
grosses fortunes a produit à la semaine un grand nombre
de pages quelconques pour le feuilleton, le roman, le théâtre et l'histoire ; car le lecteur de nos jours, qui ne réflé-

chit plus, comme au temps de Bossuet, sur les choses graves et éternelles, a besoin de jouir vite et beaucoup : il lui faut une pâture ; et cette pâture, ce sont les choses du temps qui passe et s'évanouit. Donc, puisque la littérature égoïste et individuelle comme la foi éclectique et protestante a tout détruit, le vrai et le beau, et que l'abîme s'ouvre sous nos pas, la littérature doit aujourd'hui nous aider à sauver la société en revenant, par des études laborieuses et consciencieuses, se raviver aux sources catholiques, où ont puisé Bossuet et Racine.

Et vous oserez encore avancer du haut de la tribune française, que le clergé catholique est étayé sur *deux étais merveilleux :* l'erreur et l'ignorance ! Pour moi, je crois que vous devez imiter le corbeau de la fable, en jurant, mais un peu tard, qu'on ne vous y reprendra plus !

XVII.

Le Peuple français prononcera entre M. Victor Hugo et moi sur l'ignorance du Clergé catholique.

Peuple français,

O toi, qui es doué de la plus grande âme que Dieu a créée dans sa puissance et dans sa sagesse; toi qui reposes depuis quinze siècles, sur ces trois étais merveilleux: *Dieu, la religion* et *le respect de l'autorité;* toi, qui ne veux pas être un perroquet socialiste comme Fourier, ni une bête enragée comme Robespierre; toi, qui te nourris d'honneur, de vertu, de grandeur et de religion plus que de pain et de viandes socialistes et phalanstériennes ; toi, qui n'es pas assez crédule pour vivre et mourir dans l'incrédulité ; toi, qui crois à Dieu, au Christ, l'homme-Dieu, à la patrie de quinze siècles, à la religion de tes pères, à tes dimanches, à ton Décalogue, au bon sens et à l'éternité, et non au *nouveau-monde* des phalanstères, qui auront pour contre-maîtres des fous et des coupables.

Grand peuple,

Je t'aime, je ne désespère pas de toi, quoique les temps soient mauvais ; et je me fie assez à ta justice pour te choisir pour juge entre M. Victor Hugo et moi.

Fais-moi l'honneur de lire avec attention ce que j'ai répondu à l'accusation de cet illustre savant, auteur d'une littérature boiteuse, coiffeur de la lune, qui va clopin-clopant, et orné du sans-culottisme littéraire, dans la carrière de Racine, aux sifflets du bon sens et de la raison ; *et dis-moi s'il a raison de nous calomnier ainsi !*

Au reste, j'ai un fait éloquent à citer, fait qui prouve que les ennemis de la vérité et de la science sont les républicains de 93 et tous les socialistes de 1851, qui louent chaque jour 93 et ses bourreaux, à la Chambre des députés et dans leurs écrits.

Voici ce fait :

« *Lavoisier*, l'immortel réformateur de la *nomenclature*, et par conséquent le créateur de la chimie moderne, condamné à mort par le *Tribunal révolutionnaire* en 93, demandait à ses juges de différer de quinze jours l'exécution de son jugement, afin qu'il pût terminer des expériences *utiles pour l'humanité* :

« JE NE REGRETTERAI POINT ALORS LA VIE, s'écria-t il, ET J'EN FERAI AVEC JOIE LE SACRIFICE A MA PATRIE ! »

» Le farouche Coffinhal, président du *Tribunal révolutionnaire* (lisez socialiste), lui fit cette réponse :

« LA RÉPUBLIQUE N'A PAS BESOIN DE SAVANTS ET DE CHIMISTES ; LE COURS DE LA JUSTICE NE PEUT ÊTRE INTERROMPU ! »

Peuple français,

Si tu ne veux pas être un scélérat comme Coffinhal, *juge* et *prononce* : juge de quel côté sont les savants, de quel côté sont la vérité, le génie, la vertu, la justice, l'honneur, la religion et Dieu ; et prononce ton arrêt de mort par le socialisme, qui sera le 93 du XIXe siècle ! *Eligite vitam vel mortem ! optio vobis datur !*

Peuple français,

J'ai bien des choses à confier à ton grand cœur et à ton génie élevé ; et je ne serai heureux que lorsque je reposerai la tête sur ta poitrine. Mais le moment n'en est pas encore arrivé : Il viendra ; Dieu le veut ! ! !

XVIII.

Le Catéchisme seul peut sauver la France.

Monsieur Victor Hugo,

Je reviens à vous, et je finis cette lettre (qui devait avoir une seconde partie que j'ai crue inutile), en citant une page remarquable de Monseigneur Giraud, mort archevêque de Cambrai. Cette page est entièrement en rapport avec mes idées, qui me portent à croire que la France fera le *saut périlleux* dans la guerre civile, et dans l'enfer du socialisme et de l'éternité, si elle ne revient pas, bien vite et avec persévérance, sur le terrain actif du Décalogue naturel et universel du catholicisme :

« *Sans le catéchisme*, dit-il, vous aurez des troupeaux de savants, d'hommes de lettres, de poètes, de politiques, de moralistes, d'artistes distingués, d'ouvriers habiles, dans le sens qu'entendait saint Augustin, quand il appelait les anciens Romains des *animaux de gloire*. Mais, encore une fois, tout cela n'est pas l'homme (1), n'est pas la société ; vous aurez la nourriture qui périt, le pain qui n'empêche pas de mourir ; mais n'aurez pas le pain vivant qui fait vivre les nations comme les individus, la Foi. »

____

(1) *Animalia gloriæ.*

» D'après le catéchisme, tous les hommes sont sortis d'un seul homme..... Donc tous les enfants d'Adam sont frères, sans distinction de peuples, de races, de couleurs; donc plus de Juifs et de Gentils, de Grecs et de Barbares, d'esclaves et de maîtres sous un seul maître et seigneur, ou plutôt sous le Père commun que nous avons tous au ciel! Mais dans cette *égalité* fraternelle d'*origine* et de destinée, des *inégalités* de condition, ou, pour mieux dire, des harmonies qui concourent au bien général de tout le corps social, comme, dans le corps humain, les diverses fonctions assignées à chaque membre... Donc des *supériorités* domestiques, religieuses, intellectuelles, mais qui imposent des charges plus qu'elles ne confèrent des droits; donc des *positions* de dépendance, mais qui imposent moins de devoirs qu'elles n'assurent des avantages de bienveillance et de protection; et de là une réciprocité de services entre les divers degrés de la hiérarchie sociale, qui rétablit l'égalité; de là tous les rapports de subordination et d'autorité sans lesquels *aucun ordre,* et par conséquent *aucune société humaine* ne peut subsister : *Voilà encore le catéchisme....* »

« Et quel est le puissant organisateur qui assiera la société sur des bases plus solides? et quel est le système économique, *socialiste,* humanitaire, phalanstérien, si vous le voulez, que l'on puisse avec avantage substituer à celui-là! Oui, *le Catéchisme*, voilà le livre par excellence, le livre des grands et des petits, des illettrés et des doctes; le livre des peuples et des rois; le livre des hommes de loisir et des travailleurs, des *patrons* et des *ouvriers,* des producteurs et des consommateurs, des propriétaires et des prolétaires; et, si nous insistons sur ce point capital, la raison en est que c'est pour *l'avoir oublié,* que, préoccupés (1) du malaise dont se plaignent les sociétés modernes, tant d'esprits sont *en travail* de je ne sais combien de projets d'amélioration, de redressement, d'émancipation, de progrès; *triste labeur,* stérile enfantement, lourd cauchemar d'où ne sont sorties, jusqu'à ce

---

(1) Ce mandement prophétique a été fait en 1841, à Rodez.

jour, que de *monstrueuses théories* qui ne tendent à rien moins *qu'à renverser, de fond en comble*, l'ordre établi *de Dieu* dans le monde moral. On ne peut assez s'étonner de voir des hommes d'ailleurs capables, et pour la plupart animés d'intentions généreuses, chercher bien loin aux maux de la société un remède qu'ils ont sous la main, marcher à côté de la vérité et passer outre, comme s'ils ne la voyaient pas, demander à de combinaisons *odieuses* et *bizarres* ce que leur offrent les premiers éléments de la doctrine chrétienne, courir, *sur des mers inconnues*, les hasards des tempêtes et des naufrages, au risque de briser leur esquif, pour cueillir le fruit mûri dès longtemps par le soleil de la foi, comme si, en fait de progrès moral, religieux et social, il pouvait y avoir *quelque découverte* à espérer *en dehors* ou *au-delà* du christianisme! »

« Ah! que ces hommes abusés, que recommandent d'incontestables talents et souvent un honorable caractère, en reviennent à la simple et modeste étude du *Catéchisme;* qu'ils lisent seulement ce livre avec attention, sans prévention, avec ce zèle et cette bonne foi qu'ils apportent dans la recherche des moyens propres à guérir les plaies de l'humanité, et ils s'étonneront eux-mêmes d'avoir vainement poursuivi dans *leurs rêves douloureux* une solution que la religion de Jésus-Christ a donnée, depuis dix-huit siècles, *à leurs problêmes*. Avec *la foi, l'espérance* et *la charité* que nous enseigne *le catéchisme;* la foi, qui présente à nos adorations un Dieu, né dans une étable, vivant *pauvre* et *persécuté*, et *mourant* sur une croix; l'espérance qui nous promet, dans une vie meilleure, la réparation des injures de celle-ci; la charité qui reproduit, à l'égard de l'indigent, du malade, de l'orphelin, les soins de la Providence pour les oiseaux du ciel et le lys de la vallée; *avec ces trois vertus*, mais sincèrement et religieusement pratiquées, vous sécherez *plus de larmes*, vous fermerez *plus de blessures*, vous calmerez *plus de souffrances qu'avec toutes ces panacées universelles*, que de prétendus régénérateurs nous débitent, du haut de leur chaire, comme un baume souverain à toutes nos douleurs. »

Monsieur Victor Hugo,

Vous avez entendu la voix d'un grand évêque, qui a prophétisé en **1841** que des esprits malades enfantaient de monstrueuses théories, qui ne tendent à rien moins qu'à renverser de *fond en comble* l'ordre établi de Dieu dans le monde moral, et qui courent, sur des mers inconnues, les hasards des tempêtes et des naufrages, au risque de briser leur esquif; vous avez entendu cet évêque catholique, l'écho des quatre-vingts évêques de notre patrie, les architectes de la France, d'après Gibbon, vous l'avez entendu vous dire, au nom de Jésus-Christ, qu'il n'y avait que le *catéchisme* qui pût sauver le monde avec ses croyances et ses pratiques.

Eh bien! oui, il n'y a que le catéchisme qui puisse sauver la France dont Dieu démonte l'esprit de jour en jour, et dont les sages et les législateurs doivent défendre le parti de Dieu et de ses lois avant de penser à leur parti !

Sans le catéchisme, nous disparaîtrons comme les empires romains et assyriens; et nous descendrons à la dégradation du sauvage de l'Amérique, qui mange de la chair humaine, met la charrue avant les bœufs pour labourer, et coupe l'arbre pour en recueillir les fruits!

Oui, il n'y a que le respect de l'autorité d'en haut et de l'autorité d'en bas, qui puisse sauver la France !

Oui, il n'y a que le respect du sacerdoce catholique, qui puisse sauver la patrie de Bossuet et de Racine?

Il n'est donc pas ignorant, le clergé catholique qui est la lumière du monde. d'après Jésus-Christ lui-même, *vos estis lux mundi*, et qui a reçu de ce Dieu l'ordre d'enseigner toutes les nations, sans en excepter M. Victor Hugo: *Ite, docete omnes gentes !*

Oui, il faut le monachisme religieux-laïque et sacerdotal pour sauvegarder la société. Il faut aussi, pour entrer dans l'esprit du christianisme et pour satisfaire les *besoins actuels* des peuples ; il faut fonder une confrérie de travailleurs, sous le patronnage de saint Joseph, l'illustre charpentier, avec des statuts approuvés par l'autorité, et avec cette devise :

Travail oblige !
Sobriété ! Probité ! Religion !

Pour moi, qui souhaite sincèrement et avec passion que ces choses arrivent bientôt pour ma patrie, je suis heureux d'avoir rempli un devoir de conscience, en réfutant les accusations injustes dirigées par vous, Monsieur, le 16 janvier 1850, à la tribune, contre ma mère, la sainte Église; car j'aime et je respecte beaucoup ma mère, à qui je dois tout, et qui me prépare un avenir éternel de bonheur par ses vertus et sa vigilance divine de tous les siècles. Pour la remercier de ses bienfaits inappréciables, je ne vivrai plus que pour la gloire de Dieu, avec sa grâce, et pour le bien de mes semblables; et à la vie, et à la mort, je n'aurai d'autre désir que le bonheur des ouvriers et des malheureux ; car le cœur est comme ces sortes d'arbres qui ne donnent leur fruit pour les blessures des hommes que lorsque le fer les a frappés eux-mêmes. Que le Dieu donc du catholicisme sauve la France et le monde entier !

Ce ne sont pas des paroles qui sauveront la société, ébranlée jusque dans ses bases, mais des actes, des actes, des actes. Assez longtemps la France, qui aime encore Dieu et l'honneur, a été exploitée par une poignée d'intrigants et de hâbleurs, lorsqu'ils ne sont pas des Néron.

Il faut enfin que Dieu se lève, et qu'il l'emporte encore une fois sur satan et sur ses complices, ou c'en est fait de notre patrie! Espérons donc; la France n'est pas encore Voltaire et Robespierre. Espérons; et l'archi-confrérie de Notre-Dame-des-Victoires conjurera l'orage qui gronde sur nos têtes coupables et impies. Mais, pour votre édification, Monsieur, et pour l'édification commune, Dieu manifestera dans la seconde moitié du xixe siècle sa puissante bonté par saint Joseph, ce grand saint trop peu connu et trop peu imité, le modèle et le patron de tant de millions d'hommes, qui sont la base de la société. Tels sont mes vœux, telles sont mes espérances depuis plusieurs années.

Bénie soit donc cette Providence paternelle qui m'a conduit à Paris pour me faire assister aux beaux saluts de Notre-Dame-des-Victoires. Quelle ne fut pas ma joie, quelle ne fut pas mon allégresse, lorsque le dimanche soir, 23 février, assis vis-à-vis la chapelle de Saint Joseph, j'entendis le pieux et respectable curé de l'archi-confrérie de la Sainte Vierge annoncer solennellement l'association de

Saint Joseph dans son église privilégiée pour la conversion des ouvriers. Je me croyais trahi : je croyais entendre Dieu dévoiler à ses amis mes désirs et mes desseins. Merci, mon Dieu, merci, mon Dieu; mille fois merci! L'œuvre est commencée : qu'elle s'achève pour le salut des âmes et pour votre gloire.

Vive Jésus ! vive Marie ! vive Joseph !

A. M. D. G.

TABLE DES MATIÈRES.

—

Imprimerie de H. CARION, père, rue Richer, 20.